童話
如數家珍

精靈的慢遞包裹

八個故事×八種祝福

王家珍｜著　黃祈嘉｜繪

推薦序一

孩子王・大頭珍的故事密碼

桂文亞（兒童文學作家）

王家珍是一位作品含金量高的童話作家，大學時期開始寫作，就已經許下當作家的願望，打算一輩子為讀者寫「好玩動人的故事」。

一九九二年的第一本童話創作集《孩子・王老虎》（民生報社出版），即榮獲中國時報年度十大童書獎。「披星戴月」字斟句酌，至今已出版了二十一本童話集。由於長年教導兒童作文積累的經驗和感悟，這些精心打磨的作品，也傳遞了許多文化知識，舉凡成語、諺語、相聲、節慶、生肖、四時季節的變化……經過耐心調理，香、甜、麻、辣、酸、燙……有滋有味的文字都鮮活起來，讓讀者們樂不可支，又跳又笑。

家珍寫作起步甚早，一九八三年始，陸續在《國語日報》刊登生活故事，文中的老師和弟弟都曾以本名現身；個性真率、乾脆、坦誠、有話直說，是一位親切的「酷酷姐」；她甚至還被學生封作「神偷」，因為最愛「偷」大小朋友腦袋裡的七情六慾，精心調理後化成魔術文字。這本《精靈的慢遞包裹》，即可以讓讀者從字裡行間，體會到她這種開明、好奇、異想天開、善感多思又多情的頑童氣質。

行文明快簡練，畫面感生動，故事布局迭有新趣，是王家珍作品的整體風格。《精靈的慢遞包裹》共收錄八篇童話，〈精靈的慢遞包裹〉這篇，寫作動機來自朋友因家人生病需要照顧，無法赴約，得半年以後才能見面。家珍為此寫了八個可愛的小精靈，經過九拐十八彎，終於齊聚母校開了一場快樂的「聖誕趴踢」！她將這篇作品當作禮物，送給朋友。這樣美好的念頭，經過精心構思，成為一篇精采細膩的童話，實在羨慕這位大頭珍老師的腦細胞構造如此精良！

除了「創意滿點」，王家珍童話文字的節奏感，也適合琅琅上口，譬如：「跟大樹比高，跟小鳥比快，跟野獸比野」；「愈小顆愈堅硬、愈鮮綠愈清爽」；「大口咬，小口嘗」；「從惡夢中『滾』了出來」等等，意象十分生動。其中，也包括不少詩意想像：「穿上松蘿編織的長風衣」；「酸到讓他兩個小耳朵都變成綠色的萊姆莓果」；以及不乏接地氣的「兩行鼻涕像奔跑的兔子，快速抵達嘴脣」等這些雅俗並存的文字。和讀者分享生活中的各種情境，除了讓人有一種欣賞美好事物的愉悅，也同時傳遞了王家珍從事兒童文學寫作的世界觀與求真、求善和求美的價值觀。這其中沒有生硬說教，借重的是誇張想像和具有現代感和速度感的文字——如同搭乘一架神奇的摩天輪，讓我們在歡聲鼓舞中，也同時感受著流水的清涼和成長中的淡淡惆悵，這種「心靈平衡術」，正是「孩子王老虎」大頭珍的寫作密碼！

推薦序二

把幸福留在童話裡

張嘉驊（兒童文學博士，作家）

我和家珍有個經歷，說來你可能不相信，那就是四十六年前當我們還是小孩子的時候，我就已經見過她。

那是澎湖馬公國小附近的一座天主教堂。那裡有個附設的圖書室，我和我姊姊經常在假日到那裡去看書，也總是看得到一群和我年紀差不多大的孩子在教堂庭院和圖書室裡玩耍，連圖書室的管理員都對他們特別縱容。我不認得他們，但不知為什麼，我對這群孩子的印象特別深。

長大後，我和家珍都成為兒童文學作家，才剛結識不久。有一次在夜裡打電話聊天，聊起各自的童年，我驚訝的發現記憶裡的那群孩子，居然是家珍和她的弟弟、妹妹以及兒時的玩伴。

人生的道路都是這樣的吧！彼此不同，各自延伸，卻總有機會交錯在一塊兒！最近一次巧遇家珍，是在二〇一九年二月間的臺北國際書展。她笑著對她身邊的友人戲稱我是她的「青梅竹馬」，後來她還寫了一封信給我，說那天回家後，「心情持續雀躍著，彷彿見到許久不見的家人。」

這就是家珍對友誼的看重，或者擴大的說，是她對人間各種情誼的珍惜。這些情感，其實也都反映在《精靈的慢遞包裹》這本童話裡——它讓人讀得到人間的美好！〈精靈的慢遞包裹〉經由一個遲到的包裹，寫出一群精靈好友之間的默默想念和他們的久別重逢。

〈樹天使和小女孩〉藉著一個迷人的誤會，寫出一個孤獨的樹天使勇於踏出和別人交朋友的第一步。

〈復活節彩蛋的祕密〉通過一些不尋常的夢，寫出愛和被愛——這不就是我們做為一個人都應該擁有的兩種能力嗎？

故事一共有八個，每個都有它的來由，卻不純然只是現實經驗的轉化，還經過了心靈深刻的淬煉。而我偏愛〈伊比和雅芽的落葉詩集〉這個故事，因為寫詩送人正是我年輕時做過的事。

家珍說這八個故事蘊含八種祝福，在我看來，它們既寫祝福，也寫幸福。是的，家珍就靠著書寫，把幸福留在童話裡。它可不同於傳統童話中所謂的「幸福結局」（happy ending）。傳統童話中的「幸福結局」，很多都比較膚淺，而家珍在這些童話裡所寫的幸福，都在捕捉生命中值得記取的時光，既包含了生活真實的體驗和豐富的想像，也包含了希望與愛。

尤其是我們的人生總會遇到一些不可避免的挫折和遺憾，在這個時候，童話便成了我們砥礪自己和抵抗命運的堡壘。同為一名童話作家，我完全了解家珍為什麼這麼做！

最近和家珍的那次相遇，在談話末了，我和家珍談起她的家人，得知她的小妹已經因病去世。我問她：「走出來了嗎？」

家珍回答說：「這種痛，一輩子都很難走出來的。」然而她卻還是以淺淺的笑容回報了我的關切。

後來我們就珍重道別了，各自走上自己的人生旅程，也不知下次的相逢是什麼時候。

望著家珍離去的背影，我突然想起了她和她的弟弟妹妹在童年時期天真的模樣。我知道家珍儘管傷痛，但她絕對不會感到害怕。她和我都明白一個道理：只因我們愛過並且也記住了，那幸福就一定留得下來！

作者序

一本「難看」的故事

王家珍

多年前收到好友傳來「最近很忙，半年後再聯絡」的訊息，我百思不得其解，卻也不好多問，於是寫下〈精靈的慢遞包裹〉這篇童話，成為這本書的起點。

深秋的早晨，我跟筱茵相約在大安森林公園附近的咖啡館碰面。初相見的我們一見如故，筱茵充滿詩意的心與孩子般純真的眼睛，對世界滿懷好奇與盼望。她提醒我，回程經過大安森林公園小徑時，記得觀賞滿地落葉，美極了。

記得那一天，滿地落葉在風中打滾跳舞，色彩繽紛美麗，我撿了一片又一片，提了一大袋火紅的落葉回家，擺滿書桌，書房裡滿滿詩意。

和筱茵見面後，〈樹天使與小女孩〉、〈伊比和雅芽的落葉詩集〉和〈小諭的神奇積木〉這三篇童話的靈感在腦袋裡跳躍，爭先恐後搶著冒出頭。〈樹天使與小女孩〉搭配多年前我第一次上高山的震撼經驗；〈伊比和雅芽的落葉詩集〉揉合長裙竹蓀的意象；〈小諭的神奇積木〉解開深夜兩點五十二分的惡夢咒語，這三篇童話就這麼誕生了。

澎湖老家後面緊鄰馬公天主堂，媽媽和我們家五個孩子都是天主教基督徒。在成長過程因為迷失自我而離開教會好長一段時間，在小妹回歸天家後，我也重回教會。在復活節聖週禮儀上、在教會發送的復活節彩蛋中，我找回兒時在天主教堂的回憶，看到侄子胖平拿到彩蛋的表情、看到他透過彩蛋的包裝紙窺看世界的好奇模樣，讓我寫下〈復活節彩蛋的祕密〉。每一顆彩蛋都藏著祕密，等著我們尋找、發現。

年輕時，每寫一篇童話，總會開心得像是挖到最珍貴的寶石。年紀漸長才漸漸體會，每一個故事，都有它存在的理由；都有可愛的花精靈（讀者）精心看顧。〈勿忘我花精靈〉寫出小草在花園的重要性。寫作多年，我不敢奢求自己是童話花園裡的奇花異草，只盼望能像堅韌的小草，永不放棄。

前幾篇童話故事走的是詩意風，到了〈野ㄚ頭與狼〉這篇，風格丕變。某個炎熱午後，我應邀到桂姐家聊書（其實是聽書，內向的我擅長傾聽），回家後才發現我把摺傘忘在桂姐家餐廳椅子上——突然，刺耳的「滋滋……滋滋……」的雜音干擾我的思緒，有個奇怪的念頭跑進我的大腦袋瓜：如果下午去拜訪桂姐的不是家珍，是可怕的母老虎阿珍；忘在桂姐家的不是摺傘，是母老虎阿珍的尾巴……故事中半隱半現的張花朵巫婆，則是我跟好友思源的多年密友。這個靈感來得生猛辛辣，我好喜歡，馬上寫成故事。最後把老虎改成狼，應該是出於一片私心——不想讓母老虎阿珍當壞蛋，還成為看門虎。

那年的九歌童話選，本來入選的是〈伊比和雅芽的落葉詩集〉（原名：落葉詩集第24號信），沒想到〈野ㄚ頭與狼〉（原名：第38次偷襲）在《國語日報》上一發表，三位小主編立刻改變心意，選定這篇。

〈最後一根稻草〉這篇童話故事的靈感來得也很神奇，我坐在電腦前發呆，看著書架上的米蘭昆德拉，想著：如果有兩隻駱駝，一隻叫米藍，一隻叫昆德拉，不知道會發生什麼故事？我很就快把這篇故事草稿寫完，故事內容愈寫愈沉重，看過的朋友問我：「昆德拉是你吧！誰說你醜？這麼老實，不怕被老虎咬？」怪事！只要我寫的主角倒大楣或是被欺負，大家總是推我對號入座。

難道我長得一臉衰像？好欺負嗎？

八篇童話，主題跟字畝的《超馬童話大冒險》幾乎一模一樣，本想偷懶用這八篇童話交稿，但是馮社長搖頭說千萬不可，好友淑芬要我勇敢向馮社長推薦出書，我也厚著臉皮、鼓起勇氣，毛遂自薦。也是初秋，馮社長約我喝咖啡聊童話，敲定出書計畫。

不過，她認為〈精靈的慢遞包裹〉這篇跟其他篇的性質不搭，得改改。

改呀改，總是不滿意，乾脆重寫。

幾天後，我在士林官邸的大楓香樹下流連，撿幾片楓葉夾在書中當作書籤。夾在書中的楓葉很香，一邊看書一邊被楓葉香吸引，〈精靈的慢遞包裹〉也在楓香的陪伴

下，一字一句完成了。

這是一本「難看」的書，充滿「難看」的故事。沒有詩意，很難看懂〈樹天使與小女孩〉、〈復活節彩蛋的祕密〉和〈伊比和雅芽的落葉詩集〉；沒有童心，很難看懂〈精靈的慢遞包裹〉和〈小諭的神奇積木〉；沒有勇氣，很難看懂〈野丫頭與狼〉；沒有經歷過傷痛，很難看懂〈最後一根稻草〉。

就讓我把這本「難看」的故事書獻給你，希望大家都說太好看了。

出版者的話

童話如數家珍：為優秀作家設「專櫃」

馮季眉（字畝文化社長兼總編輯）

臺灣的兒童文學作家，多都能跨文類寫作，特別多才多藝。以兒童文學耆老林良先生為例，他寫散文、兒歌、童詩、故事，也兼擅兒童文學理論及翻譯。為本書寫推薦序的兒童文學資深編輯暨資深作家桂姐，她是散文高手，早年也寫小說、改寫經典故事。本書另一位推薦序作者張嘉驊，以童話創作知名，但也寫詩，近年寫歷史故事亦大受歡迎，又具學術背景，談兒童文學理論也有兩把刷子。本書能獲這兩位傑出作家推薦，作者家珍當然也是這樣一位優秀的兒童文學作家，她左手寫童話、右手寫相聲故事；還可以在童話裡寫詩，在相聲裡寫兒歌呢！

多年來，家珍持續為兒童寫作，出了數十本書，得了許多獎。約莫兩年前，她結束了原本經營得有聲有色的兒童才藝班，擁有更多屬於自己的時間。而我也正好轉換跑道投入童書出版。我喜歡家珍的童話，淘氣又溫暖；我也欣賞她的相聲故事，有文化底蘊，能將文化與知識，轉化為童言童語的趣味對話。我樂意出版她的新作，也期待她花些時間整理以前的知名作品，讓這些好作品能以新面貌與現在的小讀者見面。

臺灣兒童文學界有許多實力派作家，但是出版品往往星散於各家出版社，脈絡未能清晰可見，十分可惜。我盼望字畝能設「作家專櫃」，與優秀兒童文學作家進行長期而深入的合作，與家珍的合作就是一個起點。

《精靈的慢遞包裹》是家珍在字畝文化出版的第一本書，也是〈**童話**如數家珍〉系列第一本。不僅有童話系列，未來還會推出〈**故事**如數家珍〉故事系列，包括《二十四節氣相聲故事》等精采作品，敬請拭目以待囉！

目錄

精靈的慢遞包裹

冷涼的秋天早晨，小精靈凱蘿坐在雙心溪畔大楓樹下，看夜鷺在溪邊覓食。

一片楓葉飄呀飄，落在凱蘿腿上。她拿起楓葉端詳，想起多年前曾經和小精靈艾斯一起，坐在精靈學校那棵千年大楓樹下，一片楓葉飄落在凱蘿頭上，艾斯也撿了一片紅葉放在自己頭上，兩個笑得好開心。

艾斯的酒窩好深邃、眼睛又大又好看，凱蘿好喜歡。

在「亞歷山大島精靈學校」念書的時候，凱蘿和艾斯感情要好，形影不離。畢業之後，凱蘿回到盛產巧克力果的奇浮島，而艾斯回到熱氣球島，再也不曾見過面。

奇浮島在東邊，熱氣球島在西邊，中間隔著漁夫島、栗子島、帕斯塔島、貓島、鯨魚島和咖啡島，就算全世界最快的老鷹快遞，從奇浮島飛到熱氣球島再飛回來，也得七天時間。

只因為距離遙遠，凱蘿和艾斯就把對方忘得一乾二淨嗎？這樣還算好朋友嗎？

看著火紅的楓葉，凱蘿瘋狂想念艾斯，好想邀請艾斯一起回到精靈學校，在大楓樹下快樂野餐。

凱蘿快跑回家，趕在收信時間截止前，在大大的羊蹄甲葉片上寫一封短信，對折、封好，把院子裡的小紅旗插上。在天空中巡弋的老鷹看到小紅旗，就飛下來收信。

老鷹把短信捲起來，收在腳邊的皮袋裡，往熱氣球島飛去。

凱蘿看著老鷹愈來愈小的身影，愈想愈懊惱，「我怎麼會把艾斯忘光光呢？不過，艾斯也把我忘光光，沒寫信來，沒寄禮物給我，也沒有約我見面。」凱蘿這樣想，把責任分一半給艾斯，她輕鬆多了，也不再懊惱了。

七天之後，老鷹帶回來艾斯的短信，寫著：我在忙，年底再聯絡。

在忙？忙什麼？為什麼要等到年底再聯絡？看到這封沒頭沒腦的短信，凱蘿氣呼呼的。距離年底還有三個多月，她一點也不想等到年底。常常心不在焉的她，說不定幾天之後，又會把艾斯忘得一乾二淨。

凱蘿爬上閣樓，打開布滿灰塵的大皮箱，

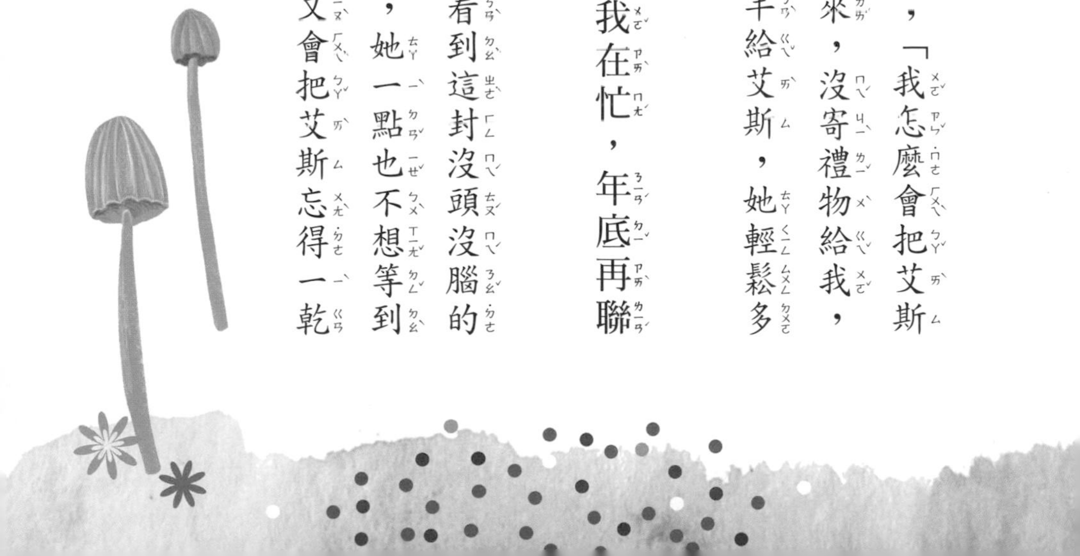

翻出精靈學校畢業紀念冊。分別從八個島嶼來到亞歷山大島精靈學校念書的凱蘿、布萊恩、麗塔、約瑟、茱莉、愛達、雪倫和艾斯，組成「艾特愛爾斯騎士團」，每個星期天吃過晚餐，都會在圖書館最角落的「奇幻故事區」，交換那個星期發生的大小祕密，和家裡寄來的各種小點心。

凱蘿看著畢業紀念冊的紀錄和畫像，好驚訝自己一畢業就把學校的事都忘光光，不只沒跟艾斯連絡，跟其他六個小精靈也斷了音訊。不知道大家都在自己的島上，過著怎樣的日子呢？

靈感之神在小精靈凱蘿的腦袋裡吹了一個小泡泡，小泡泡「啵」的一聲，爆出幾個可愛的小點子。凱蘿捉住那些迷人的點子，仔細思索好一會兒，決定要寄一個全宇宙最神奇的包裹。

凱蘿邊唱歌，邊把掛在窗邊的乾燥大葫蘆瓜拿一個下來。小精靈要寄包裹，都是用這種大葫蘆瓜，既天然又防水，超好用。

她寫好七張楓葉卡片，邀請大家在三個月後的聖誕節回學校團聚，舉辦熱鬧的「聖誕趴踢」，又準備七份奇浮島特產的牛奶巧克力，是給大家的小禮物。

她還寫了一封長長的信，要大家依照小島的排列順序，依序把包裹寄出：凱蘿寄給布萊恩、布萊恩寄給麗塔、麗塔寄給約瑟、約瑟寄給茱莉、茱莉寄給愛達、愛達寄給雪倫、雪倫寄給艾斯。最後，艾斯再寄回給凱蘿。

凱蘿把卡片、巧克力和信放進葫蘆瓜，用樹脂確實封好，

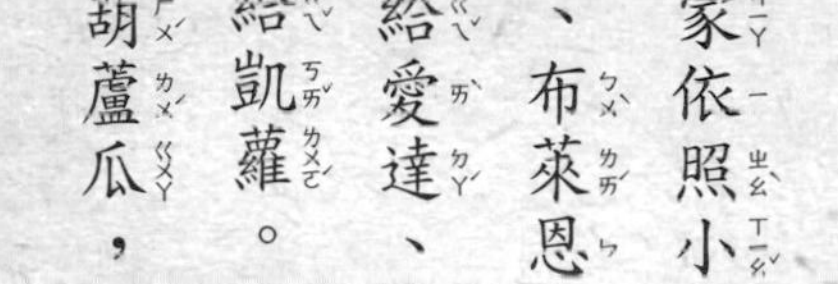

還親了葫蘆瓜一下，把滿滿的愛心灌進去，才送到港口遞送。

這個葫蘆包裹會搭船從奇浮島出發，在海上慢慢旅行，從漁夫島上岸，送到布萊恩家。布萊恩看完卡片、吃過自己那一份巧克力，接著寫卡片、包裝小禮物給其他七個小精靈，再把包裹寄給麗塔……等包裹抵達熱氣球島，差不多要六個星期。最後，艾斯再把包裹寄回給凱蘿，順便可以解釋他到底在忙什麼。

大家收到她寄的小包裹，看到裡面的楓葉卡片、巧克力和誠意十足的邀約，一定會稱讚她創意滿點，並且答應回到精靈學校舉辦「聖誕趴踢」。

葫蘆包裹會在海上和八個島嶼之間「慢慢遞送」，凱蘿就幫它取個詩情畫意的名字——「曼蒂葫蘆包」。她好佩服自己的聰明才智

和浪漫情懷，創造了世界上第一個慢遞葫蘆包裹。

曼蒂葫蘆包搭著小貨船，在海上晃呀晃，十天之後才抵達漁夫島，跟著所有貨物被卸下，暫時堆在碼頭邊。

一隻飢餓的野狗經過這批貨物，發現曼蒂葫蘆包底下壓著一塊香噴噴的起司，不知道是哪個粗魯的水手掉的呢？野狗好想吃起司，用鼻子把曼蒂葫蘆包頂開，曼蒂葫蘆包翻個大跟斗、滾了幾滾，撲通一聲，掉進海裡，飄啊飄、晃啊晃，跟著退潮的海水往港外飄走。

這下可好，卡片、巧克力、聖誕趴踢，通通隨著曼蒂葫蘆包在海上流浪，不知道會不會被海水泡爛、不知道哪年哪月才會被發現？

不知情的凱蘿，還在家裡自鳴得意，開心期待大家的回音。

一個星期、兩個星期、三個星期……時間快速奔跑，凱蘿在「小巧巧克力工廠」努力設計巧克力娃娃的造型，偶爾會想起曼蒂葫蘆包，不知道它慢遞到誰那裡了？不知道大家看到曼蒂葫蘆包的反應是怎麼樣？不知道它會不會準時在六個星期之後抵達熱氣球島，慢遞到小精靈艾斯手上？

聖誕節愈靠近，凱蘿愈擔心，如果大家都看到楓葉卡片、吃掉巧克力、又都同意要回精靈學校開聖誕趴踢，就得啟程了。可是，她沒有收到任何回音，曼蒂葫蘆包也不見蹤影，到底該怎麼做才好呢？

十二月初，凱蘿把行李袋放在門後，每天都猶豫著，該不該直接走到碼頭，搭船前往「亞歷山大島精靈學校」？

十二月十五日是個寒冷的大晴天，凱蘿拎著行李走出家門，站在院子抬頭看天空，心想：如果可以變成天空中那片老虎頭形的雲，不用準備行李也不用買船票，隨風飄去亞歷山大島，該有多好！

幾分鐘之後，老虎頭形的雲散去，當不成老虎雲了。要不，當那片維尼熊大雲好了！不過，維尼熊大雲也沒撐多久，就變成一團棉花。這些雲真的很沒耐心，變來變去，教人家怎麼辦才好呢？

要不然就像天邊那一朵彩色的、熱氣球形狀的雲好了，那朵雲很棒，不但不會變形，不會消失，還愈來愈大朵。

哎呀！那不是雲，是真的熱氣球，而且，熱氣球正緩緩下降，愈飛愈低，凱蘿看見「艾特愛爾斯騎士團」七個成員在熱氣球上跟她

揮手，大家又跳又叫，好像瘋子。

艾斯把熱氣球降落在大草地上，凱蘿飛奔上前歡迎他們。在艾斯指揮之下，大家通力合作，把熱氣球固定在草地上，接著大家擁抱在一起，慶祝畢業三年後的第一次相聚。

凱蘿說：「大家都沒變，跟畢業的時候長得一模一樣。」

愛達笑她：「我們小精靈從一歲以後就不會改變樣子啦，小瓜呆。」

布萊恩托著下巴說：「你們大家都沒變，只有我變得更有智慧、更帥。」

大家聯合起來噓他，打打鬧鬧，跟當初在學校的時候一樣。

凱蘿大聲問：「艾斯，為什麼你要我年底再和你聯絡？」大家聽凱蘿這麼說，都停下來盯著艾斯。

艾斯兩手一攤，說：「沒事叫老鷹送快遞做什麼？嚇壞我了。我正絞盡腦汁設計這個熱氣球，你還要我想這個做那個，真是囉哩囉嗦。」

「我才不囉嗦，我只是……很細心。」凱蘿說。

約瑟拍她一把說：「我們畢業時就約好，三年後要回學校舉行聖誕趴踢。凱蘿，你該不會忘記了吧？畢業紀念冊最後一頁寫得清清楚楚，大家都簽過名、蓋過手印喔。」

凱蘿不記得自己那本畢業紀念冊背後，有沒有這樣的紀錄。她有點糗，大聲問：「那個曼

蒂葫蘆包呢？你們把曼蒂怎麼了？」

約瑟說：「你是說我們的校狗慢弟？牠應該還守在校園大門，盡忠職守的咬新生的屁股，你該不會連牠都忘記了吧？」

凱蘿在心底吶喊：哎喲！我的記憶力真的這麼糟糕嗎？把當初約好的事情，搞得好像是我自己想出來似的。校狗慢弟？有這隻狗嗎？我們曾經約好畢業三年之後，回學校去開聖誕趴踢嗎？我怎麼全部忘光光了？好討厭啊。

艾斯說：「凱蘿沒忘記啦，瞧！細心的她連行李都帶來了。」

雪倫看到凱蘿兩邊嘴角下垂，好像快哭出來，拉著她的手說：「別逗她了，把曼蒂葫蘆包拿出來吧。」

原來，住在漁夫島的布萊恩，每天都在港口垂釣，落海的曼蒂葫蘆包，在海上漂流兩天之後，被他的魚鉤釣上來。布萊恩拿起曼蒂葫蘆包時還戲謔的想著：是哪個粗心的人，讓海水來運送包裹？真該打屁股。但是他一看到收件人是自己，而寄件人是凱蘿時，不禁大叫著：「這也太巧合了吧！」

布萊恩打開曼蒂葫蘆包，邊吃巧克力邊看信和卡片，他突發奇想，決定帶著曼蒂葫蘆包，一起到栗子島找麗塔採栗子。

接著，麗塔跟布萊恩一起，帶著曼蒂葫蘆包，搭郵船到帕斯塔島，跟約瑟一起做義大利麵。

茱莉說：「他們幾個帶著曼蒂葫蘆包來貓島找我的時候，我正要出版貓咪攝影集呢。」

雪倫拿出八串鯨魚造型項鍊分給大家，這是她精心製作的禮物，漂亮極了。

愛達跳進熱氣球，把曼蒂葫蘆包拿出來，說：「都是頑皮的約瑟，出這個餿主意，叫我們大家一起演戲，跟你開這個小玩笑。」

凱蘿瞪著約瑟，約瑟躲到艾斯身後說：「我嫉妒你這麼聰明貼心，給大家卡片和巧克力，不但想出聖誕趴踢這麼Q的好點子，還想出『曼蒂』這麼可愛的名字，想逗逗你嘛。」

艾斯催她趕快打開曼蒂葫蘆包，裡面是大家給凱蘿的卡片和小禮物。凱蘿抱著曼蒂葫蘆包開心得又叫又跳，說：「我就知道我們艾特愛爾斯騎士團最棒了。」

艾斯說：「時間不早，該啟程囉！」八個可愛的小精靈七手八腳，先把凱蘿的行李放進熱氣球，接著把繩索解開，一個一個跳進熱氣球。

艾斯動作熟練，順利把熱氣球升空，飛往「亞歷山大島精靈學校」。熱鬧的聖誕趴踢，「艾特愛爾斯騎士團」飛來啦！

聽說，艾特愛爾斯騎士團在亞歷山大島精靈學校舉辦的聖誕趴踢，非常熱鬧、非常成功，大家都好開心。

聽說，一年以後，凱蘿和艾斯在熱氣球島舉辦了結婚趴踢，他們倆相親相愛，從此過著幸福美好的生活。

樹天使與小女孩

樹天使住在海拔兩千公尺的高森國家公園，他喜歡安靜孤獨，獨自住在樹洞裡，他照顧樹木，樹木也照顧他。

樹天使喜歡在森林野地奔跑跳躍，跟大樹比高、跟小鳥比快、跟野獸比野，常常把自己弄得渾身汗溼，身上滿是草屑和泥巴，每天晚上都髒兮兮、笑嘻嘻的回家，他好享受這樣的撒野。

炎熱的夏天，很多人會到國家公園避暑，雖然樹天使的模樣跟人類很像，但是他不喜歡人類。寒冷的冬日，特別是下雨，甚至下雪的時候，高森國家公園人跡罕至，是他最喜愛的時節，他可以一整天散步，不必和人類玩捉迷藏，壞了興致。

樹天使喜歡吃松果，各式各樣的松果，愈小顆愈堅硬，他愈愛大聲嗑；他喜歡吃松針，各式各樣的松針，愈鮮綠愈清爽，他愈愛大口咬；他也喜歡吃蘑菇，各式各樣的蘑菇，顏色愈鮮豔愈美味，他愈愛小口嘗；他還喜歡吃莓果，各式各樣的莓果，味道愈酸愈提神，他愈愛細細嚼，酸到讓他兩個小耳朵都變成綠色的萊姆莓果，是他的最愛。

松果大盛產那年，一個寒冷的冬日清晨，天空微雨，樹天使撐著姑婆芋葉傘，在松樹林小徑上慢慢走。天色愈來愈昏暗，雨也變大了，滴滴答答落在傘上，敲出輕快節奏，樹天使跟著哼歌，也跟著跳起舞，松蘿編織成的長大衣下襬飛了起來。

樹天使心情好，決定去懸崖邊，到那棵高大山毛櫸的樹洞歇息，喝些泉水、佐幾顆乾燥的蘑菇。從樹洞裡往山頂看去，可以觀賞到山頭雲霧的最佳表演。

走著走著，快接近山毛櫸時，他把姑婆芋葉傘舉高，一抬頭，就看見樹下站著穿紅色連帽外套、背著小花背包、腳上穿著漂亮雨鞋的可愛女孩，乖巧文靜的站在樹下避雨。

樹天使不喜歡人類，尤其是裝模作樣的小女生，她們總以為自己是公主，需要備受呵護。他想溜走，可是他們倆距離好近，就這樣躲開，顯得自己沒教養又沒禮貌。他鼓起勇氣看著女孩，她散發著特殊氣質，看著她，讓樹天使想起那首可愛的童謠——〈泥娃娃〉。

女孩睜著大眼睛，凝視天邊，沒看見樹天使似的。

女孩對他視而不見，讓樹天使不開心，只有他躲著人類，哪有人類不理他的事？

他順一順自己頭上那撮老是亂翹的頭髮、清了清喉嚨，想說幾句話，突然有陣冷風，從他剛剛走過來的小路，追趕過來，撞上他的後腦勺，害他打了個大噴嚏，兩行鼻涕像奔跑的兔子，快速抵達嘴脣。

啊！怎麼會這樣？第一次遇見有特殊感覺的人類女孩，自己居然出糗了，像無法控制自己行為的小小孩一樣流出兩行鼻涕，好糗啊。

樹天使掩住口鼻，低著頭，匆忙右轉溜進樹林，快走好一陣子，走到汗流浹背才停下，用手背擦去汗珠。他懊惱又沮喪——不但沒喝到泉水、沒吃到蘑菇、沒給可愛女孩留下美好帥氣的印象，也沒

看看她往哪裡走，住在哪裡。

這是樹天使和女孩的第一次相遇，有點糗、有點糟糕、有點不完美。如果可以有第二次相遇，他會表現得好一點。

颳著大風的寒冷春天清晨，樹天使賴在樹洞裡，他耐心等待外面天色亮起、等待風兒停下腳步、等待心底冷意散去。等著等著又睡著了，直到冠羽畫眉飛到旁邊枝椏上唱歌，才把他吵醒。

樹天使慢吞吞坐起來，喝完一壺泉水、啃了三顆松果、嚼了五顆萊姆莓果，還沒有完全清醒，女孩的影像突然跳進他的腦袋。

因為這位可愛美麗的女孩，樹天使對人類的看法有了些微變化。不過，他立刻想起女孩忽視他，又想起自己掛著兩行鼻涕的糗樣。

這些糟糕的思緒，讓他很不開心。

一直以來，只有他忽視人類，哪輪得到人類忽視他；只有他不想讓人看見，而不是人類對他視而不見。不能再這樣下去，一定要把這位女孩對他冷漠的原因弄清楚。

這個不服輸的想法，激勵樹天使跳下溫暖的床鋪，穿上松蘿編織的長風衣、戴上保暖羽毛帽、套上草靴、抓了幾個乾蘑菇，匆匆忙忙出門。

萬一在路上碰見那個沒有禮貌的女孩，他得說她一句：「看見不能裝做沒看見，不可以不打招呼、不微笑。」

樹天使心事重重，不知不覺走得匆促。冷冷的天氣，他走得汗流浹背，羽毛帽拿掉了，露出壓得扁塌、汗溼的頭髮；松蘿長風衣脫

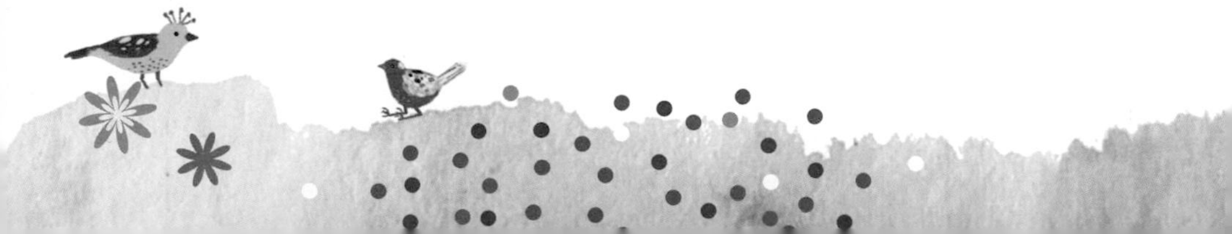

下了，掛在臂彎；柔軟樹皮襯衫的扣子打開三個。

樹天使一邊脫衣服，天空也跟著脫去灰色烏雲大衣，太陽露出笑臉，樹天使兩隻眼睛被太陽照得有點花，模樣狼狽不堪。

一向喜歡在森林裡撒野的樹天使，搞不懂自己為什麼要假扮紳士，把自己弄得好累？難道只是為了那個不知名、又沒禮貌的女孩？樹天使嘀嘀咕咕的抱怨著。就在他右轉到青蛙池塘時，差點兒撞到人。沒錯，正是那個他朝思暮想的可愛女孩。

女孩穿著整齊漂亮，衣服顏色搭配得很好看，全身乾淨清爽，讓人想親近。她抬著頭，看遠山、浮雲和天空。

樹天使進退兩難，想跟她說話，又擔心自己一副狼狽模樣，不知會給女孩留下怎麼樣的壞印象。他有點兒緊張，兩手一鬆，幾顆乾蘑菇，咕嚕咕嚕落在地上滾滾滾，滾到女孩腳邊。

「女孩一定覺得我像蠢笨的人類，連幾顆乾蘑菇都抓不住。」樹天使碎碎念，好吃的乾蘑菇也沒撿，也沒再看女孩一眼就匆忙落跑，跑到隱密的山凹處，氣喘吁吁停下來。他這才發現，羽毛帽不知何時掉了，心愛的松蘿長風衣也刮壞一角。

這是樹天使和女孩的第二次相遇，很糗、很糟糕、很不完美。如果可以有第三次相遇……啊！樹天使大叫著：

「絕對不要有第三次相遇。」

樹天使倚在松樹上，把心事告訴松樹：「我不喜歡人類，怎麼會因為看到那個高傲的人類女孩就改變心意？自

由自在，在山林間遊蕩，是我的心願，為了不在意自己的女孩，把自己搞得狼狽不堪，好像很不划算。」

松樹沒答腔，隨著山風搖曳著。

樹天使又來到綠瀑布邊，他坐在大石頭上，傾聽瀑布低語，從中午聽到黃昏，心情小湖的漣漪總算平復下來，他慢慢晃回家。

回家途中會經過怪石小徑，這條小徑兩旁有很多奇形怪狀的石頭，幾乎不會有人來。然而，就在第二個轉角處，他差一點兒撞上可愛女孩。

她正坐在怪石小徑的巨石上，微笑著凝視遠山和天空。樹天使擋

在她面前，她的眼睛動也不動一下。

「你懂不懂禮貌？為什麼都不跟我打招呼？」樹天使忍不住氣呼呼的說。

女孩還是不說話。晚風吹來，把樹天使的樹葉帽吹走，可愛女孩的眼睛不眨、頭髮紋風不動，連圍巾也沒有動靜。

樹天使感覺不對勁，輕觸她的圍巾。咦？圍巾是硬的，是木頭做的！樹天使輕觸女孩的衣服下襬，衣服也是木頭做成的。

原來這位可愛的女孩不是人類，是木雕，難怪她有一種樹天使難以抵抗的特殊氣質。

樹天使在女孩旁邊坐下來，把那首可愛的〈泥娃娃〉改成〈木娃娃〉，唱了好幾遍。

木娃娃　木娃娃　一個木娃娃
她有那眉毛　也有那眼睛
眼睛不會眨
木娃娃　木娃娃　一個木娃娃
她有那鼻子　也有那嘴巴
嘴巴不說話
她是個假娃娃　不是個真娃娃
她沒有親愛的媽媽　也沒有爸爸
木娃娃　木娃娃　一個木娃娃
我做她媽媽　我做她爸爸
永遠愛著她

可愛女孩是木頭雕刻而成，樹天使更喜歡她了。這是樹天使和女孩第三次相遇，美好浪漫的相遇。

第二天，樹天使到高大山毛櫸旁，探訪第一次相遇的女孩，她也是木雕，美麗的木雕。

第三天，樹天使到青蛙池塘邊，探訪第二次相遇的女孩。沒錯，她也是木雕，可愛的木雕。

這些栩栩如生的木雕女孩，全都出自一位國家級的木雕師傅，他退休後搬到山上來住，撿拾森林裡倒地的樹木，雕刻成十二位可愛女孩，擺放在高森國家公園十二個景點。

樹天使已經發現三個，他一定會找到全部的女孩，而且不需要花太多時間。他會好好愛護她們，幫她們遮風擋雨、除蟲趕螞蟻，和她們當永遠的好朋友。

復活節彩蛋的祕密

平平快要滿一歲了，爸爸、媽媽帶他到教堂，參加復活節彌撒。這場彌撒時間特別長，平平呼嚕呼嚕睡得好香甜。等他醒來，爸爸、媽媽正抱著他，一家三口在教堂後院大草坪上和教友們野餐。小朋友們則在草叢裡、花盆間、小樹枝椏上，尋找復活節彩蛋。

幾個大孩子扮成兔子，一手拿著紅蘿蔔、一手拿著巨無霸塑膠彩蛋，在眾人當中跳過來、跑過去，逗大家笑。

「平平替自己找一顆復活節彩蛋吧！」爸爸才把平平放在草地上，平平就努力爬向花壇上，那叢開得紅紅火火的仙丹花。他攀著花壇邊的花崗岩，猛的一下子站了起來，爸爸、媽媽看到了，嘴巴張得好大。

爸爸舉起手機，連拍十多張相片，最後一張剛好拍到平平高舉左手，秀出他從仙丹花盆裡，摸到的玫瑰紅彩蛋。這是平平第一次靠自己的力量站起來，也是平平這輩子第一次找到復活節彩蛋。

那天，媽媽把這顆彩蛋放在平平床邊小櫃子上。深夜時刻，一位路過平平夢中的小天使，看到這顆漂亮的玫瑰紅彩蛋閃閃發光，好像紅寶石。小天使露出開懷笑顏，從背袋掏出一顆透明的神奇彩蛋，和平平交換，神奇彩蛋裡面住了神仙和好多小矮人。

平平在夢中跟小矮人比賽爬行。平平動作俐落，得到第三名。神

仙頒獎給他，獎品是一雙青蛙彈跳鞋，和一個草莓甜甜圈口味的奶嘴。

第二年復活節，彌撒後的尋找彩蛋時間，平平已經可以又跑又跳、一邊搗蛋一邊找彩蛋。一個小時過去了，忙著搗蛋的平平還沒有找到彩蛋。

一隻玫瑰紅的蝴蝶飛呀飛，平平在後面追呀追。蝴蝶緩緩降落在金黃色鬱金香上，伸出長長的吸管，大口大口的吸花蜜。蝴蝶不飛，平平也不追了。在鬱金香花叢裡，有一顆金黃色彩蛋，在陽光照耀下閃閃發光。平平撿起彩蛋，跟蝴蝶說了聲謝謝，這是他第二次找到復活節彩蛋。

回家後，媽媽把彩蛋放在床邊小櫃子上。霧氣濃重的深夜，去年路過他夢境的小天使，又來拜訪他，看到亮晶晶的金黃色彩蛋，好像一朵黃色鬱金香，小天使露出可愛笑臉，從背袋掏出一朵有特殊香味的神奇蘑菇，和平平交換彩蛋。

神奇蘑菇在平平的夢中表演魔術，不停變換顏色和形狀，最後變成蘑菇人向平平微微鞠躬。他摘下蘑菇帽，帽子裡裝滿各式各樣蘑菇造型的蛋糕和餅乾。蘑菇人吃一個，平平也吃一個，他們一邊吃一邊數，把小點心全部吃光光，總共有二十四個。

接著他們開始唱歌跳舞，一首接一首，直到刺耳的鬧鐘噹噹響起。蘑菇人對平平一鞠躬，「噗」的一聲，消失在清晨的陽光裡，房間裡只剩下蘑菇香。

平平醒來，急著要跟爸爸、媽媽講這個神奇的夢。一隻金色的瓢蟲，停在他的鼻頭上，對他鞠躬打招呼，好像在跳舞。平平把瓢蟲放在手上玩了好一會兒，很快就忘記蘑菇人和甜點派對。

第三年復活節，彌撒的時間還是一樣冗長，但是平平一點也不想睡，他安靜坐著，仔細觀察一切，耐心等待。

彌撒結束，尋找彩蛋的時間到了，平平一馬當先，拿著小籃子，動作俐落找到十幾個復活節彩蛋。

每找到一顆彩蛋，他就拿給媽媽，讓媽媽幫彩蛋取名字：草原恐龍蛋、向日葵黃金蛋、西瓜瓢蟲蛋、粉紅草莓蛋、香澄金橘蛋、藍莓起司蛋、香草冰淇淋蛋、蜂蜜檸檬蛋、綠薄荷蛋……好幾個小朋友沒找到彩蛋，嘴巴嘟得好高，平平慷慨扮演禮物大使，把彩蛋分給他們，自己只留下蜂蜜檸檬蛋。

平平回家後，把蜂蜜檸檬蛋放在床邊櫃子上。對他而言，彩蛋是充滿魔法的裝飾品，他捨不得吃。

下著毛毛雨的深夜，可愛小天使又「路過」平平的夢境，他看到櫃子上的蜂蜜檸檬蛋，拿起來親了又親。

小天使從背袋掏出羽毛筆，和平平交換彩蛋。平平拿起羽毛筆，在牆壁上畫了蝴蝶，蝴蝶撲撲翅膀，在房間裡翩翩起舞；平平又畫了螳螂，螳螂跳上檯燈，對平平鞠躬；

平平接著畫了美麗的五色鳥，五色鳥拍拍翅膀，平平手中的羽毛筆，飛到五色鳥身上，原來那是五色鳥的羽毛。五色鳥唱了一首歌，然後從窗戶飛走，螳螂、蝴蝶也跟著離開。

第四年、第五年、第六年和第七年，平平都在復活節彌撒後的尋找彩蛋活動中，找到好多顆彩蛋，他還是會把彩蛋拿給媽媽，請媽媽幫彩蛋取名字，也還是會大方的把多餘的彩蛋，送給其他小朋友。媽媽會幫平平留下顏色最特別的一顆彩蛋，放在他小床旁邊的櫃子上。

一年又一年，美麗的復活節彩蛋，都被「路過」平平夢境的小天使，用神奇的禮物交換走了，平平以為彩蛋被媽媽收起來，媽媽以

為彩蛋被平平吃掉，沒有人發現彩蛋不見了。

第七年，小天使問平平：「為什麼不多帶一些彩蛋回家？」

平平說：「多帶幾個回家做什麼？」

小天使說：「你可以跟我交換禮物，或是乾脆送給我。」

平平說：「你太貪心了，這樣會害其他小朋友沒有彩蛋。」

小天使聽了，氣得跳腳，平平卻說小天使跳腳的模樣很可愛，要小天使多跳幾下。

小天使氣到差點兒拿噩夢球跟平平交換彩蛋。那個晚上，出現在平平夢中的是一隻調皮又愛哭的鱷魚。

七年來，平平從沒吃過他找到的復活節彩蛋，從來沒有。今年是平平第八次參加復活節彌撒，他已經是大孩子，可以幫大人的忙了。

復活節前一天，平平幫忙包裝復活節彩蛋，在等待水煮蛋冷卻時，平平把一張張糖果紙拿起來對著光看。哇！沒想到平凡無奇的糖果紙，居然藏著細緻的圖案，每張糖果紙的圖案都不一樣，非常漂亮，他一張又一張看得著迷。

「真是漂亮的圖畫，好像畫出奧妙的世界，畫出花草樹木的靈魂，對吧？」一個陌生的聲音在他耳畔響起。平平抬頭看她，這才看到牆上時鐘指著六點二十四分，大家都去吃晚飯了，留下他一個人，和身邊陌生的女孩。

「每年我都來幫忙，沒見過你，你是新來的？」女孩問。

「嗯。」平平點點頭。

「包裝彩蛋前有個很重要的工作。」女孩拿起一顆水煮蛋，說：「這顆蛋藏著美味的草莓蛋糕。」接著，女孩又拿起第二顆水煮蛋，說：「這顆水煮蛋裡有一道彩虹。」

水煮蛋藏著蛋糕？水煮蛋裡有彩虹？平平以為她在玩遊戲，也拿起水煮蛋胡說八道：「這顆蛋裡住了白雪公主和小矮人。這顆蛋熱熱的，裡面有顆溫暖的大太陽。」

女孩說：「這顆蛋是甜蜜的棒棒糖。」

「這顆聞起來有迷迭香的香氣。」

「找到這顆蛋就像溜下長長的滑梯一樣爽快。」

「拿到這顆蛋就能輕鬆學會游泳。」

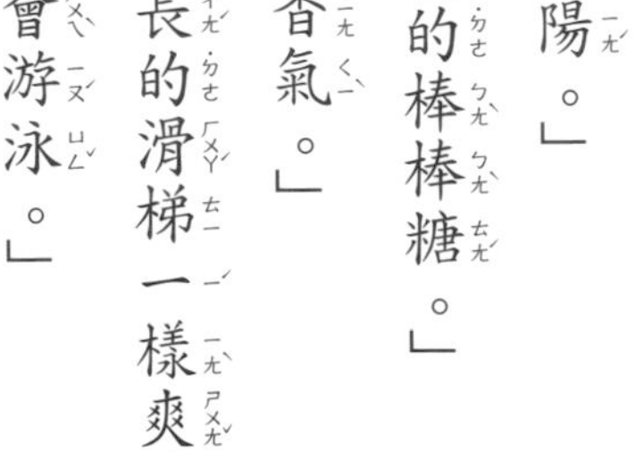

「櫻花的祕密就藏在這顆蛋裡面。」

「找到這顆蛋，可以聽懂貓咪說話。」

他們倆你一言、我一語，把想得到的美好經驗和事物說了出來。

平平拿起最後一顆蛋說：「這是肚子狂餓時的一顆美味水煮蛋。」

平平正要把蛋殼敲破、吃了那顆蛋，女孩阻止他說：「復活節彩蛋的祕密，明天才可以解開。現在我們還要做一件事，我們要祝福這些水煮蛋，它們即將穿上美麗外衣，變成復活節彩蛋。明天找到它們的人，會有美好感受與體會。」

平平說：「我一直以為復活節彩蛋只是裝飾品，從來沒吃過。」

女孩說：「來吧，讓我們一起祝福這些即將成為復活彩蛋的水煮蛋。」

他們倆閉起眼睛，讓自己沉浸在美好想像中，把祝福送給那些水煮蛋。他們沉思默想好一會兒，平平想起他跟一位可愛的女孩一起，閉著眼睛許願，突然感到害羞，臉都紅了。

他正想著該怎麼脫身，就聽到爸爸喊他：「平平，吃飯囉！」平平睜開眼睛，大家都回來了，女孩卻不見了。

爸爸把飯糰拿給他，跟其他人一起，把水煮蛋用糖果紙包好。平平一邊吃飯糰，一邊看著大家邊聊天、邊包彩蛋，他對復活節彩蛋有了一種新的體會。

第二天，復活節彌撒過後，大家聚集在教堂後花園，一邊野餐、

一邊尋找復活節彩蛋。

平平在他喜歡的仙丹花叢中找到葡萄紫彩蛋，馬上坐下來，剝開糖果紙，敲破蛋殼，一小口一小口吃著復活蛋。這顆看起來平凡的復活蛋，讓他嘗到春天清涼小雨的滋味、還有一絲草莓蛋糕的香氣。

平平吃完復活蛋，把糖果紙攤平，放在眼睛上四下張望，整個世界變成紫色的。昨天那位陌生的女孩，正在圍牆邊的無花果樹下對他招手。

平平也對她揮揮手，跳下花臺，穿過重重人群，還停下來扶起跌倒在地、哇哇大哭的小女娃，把她交給急著跑過來的父母，再往前看去，女孩居然又不見蹤影，躲哪去了呢？

平平慢慢晃到無花果樹下，樹上有好多顆青綠色的小無花果，還有一個偽裝成無花果的酒紅色彩蛋，掛在枝頭。平平左看右看，沒看到誰在注意他，一把摘下它，湊近鼻子，酒紅色糖果紙包著的復活節彩蛋，散發出淡淡無花果香氣。平平把酒紅色彩蛋放進外套口袋，在樹下等了又等，女孩還是不見人影。

當天晚上，平平在夢境邊緣玩耍，每年都路過的小天使走進房間，站在櫃子旁邊張望，躺在床上裝睡的平平突然出聲：「你該不會是在找彩蛋吧？」

「沒錯。」小天使回頭看他。

平平指著牆壁上的塗鴉，說：「神仙、小矮人、蘑菇，還有五色鳥和蝴蝶，我都畫下來了。」

小天使看著牆壁上的圖畫，說：「沒錯，一個都沒漏掉。不過，祝福是畫不出來的。我這次帶來滿滿的祝福，跟你換那顆酒紅色復活節彩蛋。」

「用祝福換彩蛋？你該不會是昨天那位陌生的女孩？」平平問。

「或許是，或許不是。」小天使回答。

平平從床邊衣架掛著的外套口袋，拿出酒紅色彩蛋交給小天使，小天使把彩蛋放進背袋中，說：「祝福你，快樂與滿足。」

平平兩手一攤說：「就這樣？沒有可愛的夢或是其他禮物？」

小天使搖搖頭說：「那些禮物曾經為你帶來甜

美可愛的夢。不過，現在你自己就能創造可愛的夢了，甚至能在現實中帶給別人幸福，不再需要我那些小道具的幫忙了。」

平平又問：「為什麼你要我的復活節彩蛋？」

小天使說：「復活節彩蛋讓我們擁有接受愛和付出愛的能力，也讓我們學會善待自己和體貼旁人，簡單一句話，復活節彩蛋就是愛。你的每一顆復活節彩蛋，我都送給最需要的人，讓他們感受到溫暖的愛。」

「你說得好深奧，難以想像。不過，今年我準備了一大籃復活節彩蛋，你可以把這些愛，分享出

去。」平平跪在床邊，從床底下拉出一大籃復活節彩蛋。小天使接下這些彩蛋，笑得好開心。

在平平第八次過復活節那天晚上，他得到滿滿的祝福，也分享了滿滿的愛。

小天使臨走的時候，還是送給平平一個可愛的夢。

如果你問：「夢中有什麼？」

噓！這可是天大的祕密。

伊比和雅芽的落葉詩集

小精靈伊比走在滿地落葉的精靈谷，偶爾他抬頭看雲、看山、看樹、看鳥。偶爾，他低頭看花、看草、看昆蟲、尋找美麗的落葉。

伊比看到一片完美的葫蘆形狀葉片，把它撿起，夾在心愛的書本中，走回樹林邊緣的無花果樹下，屬於他的那「株」圓圓胖胖的蘑菇屋。

精靈谷每位精靈出生的時候，精靈長老會為他種下一個蘑菇孢子，蘑菇孢子躲在地底下安靜的跟著小精靈一起成長。

小精靈一歲生日當天，蘑菇也會冒出地面，爸爸、媽媽把小精靈放在屬於他的蘑菇底下，神奇的事就會發生——蘑菇傘的皺摺，長出白色網子，往下垂落，直到地面。

整整三十分鐘，小精靈待在網子裡，或爬或走，他活動的範圍愈大、網子就會擴張得愈大，三十分鐘過後，網子就會變硬、形狀固定、整株蘑菇也會硬化變成「蘑菇屋」的屋頂和中央柱子，支撐整棟蘑菇屋。只要在變硬的網洞裡填上黏土、落葉或乾草，就會是一棟堅固溫暖的蘑菇屋。

在那關鍵的三十分鐘，小精靈幼葦竟然躺在蘑菇下睡大頭覺，爸爸、媽媽怎樣也叫不醒他。蘑菇傘的網子垂落之後，完全沒有擴展，幼葦的那棟蘑菇屋，是精靈村有史以來最小的一棟，幼葦長大以後根本住不進去。

小精靈豬麗在蘑菇傘垂落的關鍵三十分鐘，不斷的往東方爬行，蘑菇傘跟著她，爬過五塊大石頭、走過三棵楓樹、繞著小池塘走了四分之一圈，才在一大叢薔薇花前停了下來，總共延伸十二公尺長。

豬麗的蘑菇屋形狀長長窄窄、地勢高高低低，但是可以建造好多房間。豬麗長大以後，開了一家「橡果子精靈民宿」，提供路過的小精靈溫暖舒適的住處，無家可住的幼葦，就是這家民宿的永久住客。

小精靈伊比在那關鍵的三十分鐘，以蘑菇為中心點、蘑菇到無花果樹的距離為半徑，走了一個很圓的圓圈。所以，他的蘑菇屋很寬敞、形狀跟滿月一樣圓滿。

伊比十二歲生日那天，來到葫蘆樹下撿樹葉，看到附近幾棵小熊樹中間，有個紅色小身影，他看不清楚是誰，只看到紅色身影在灰白樹幹中穿梭，詩意盎然，觸動他的靈感。

伊比倚著樹幹，在葫蘆葉片上寫下生平第一首詩。

天，藍得像大海，
雲，白得像牛奶，
山，綠得像海帶，
樹，搖得像裙襬，
你，長得真可愛。

伊比把這首詩叫做〈落葉詩集第一號信〉。當他散步經過小精靈絲絲的蘑菇屋，想起絲絲喜歡寫詩，就把這首詩塞進絲絲門邊的信箱。

絲絲三天後才發現寫在葫蘆葉片的這首詩，雖然不知道是誰寫詩

送給她，但是她喜歡「你，長得真可愛」這個句子，連著好多天都看著小詩，笑得合不攏嘴。

伊比收到小精靈阿寬寄來圖畫書那天，帶著可愛的圖畫書，散步到青蛙樹下撿落葉，碰巧看到那個紅色小身影，在遠遠的檸檬樹下，繞著檸檬樹唱歌跳舞。這個情景又觸動了伊比的靈感，他拾起青蛙形葉片，寫了一首詩。

檸檬樹的葉片，落下
窸窸窣窣
天使的鈴鐺，搖曳
叮叮噹噹

在紅色小身影旁邊
詩意紛紛
紛紛飄落

伊比把這首詩叫做〈落葉詩集第二號信〉。經過小精靈雨魚的蘑菇屋時，他把落葉詩塞進門邊的信箱，他深信雨魚一定會喜歡這首詩。平時就喜歡唱歌的雨魚，發現這首詩的傍晚，把這首小詩念了好多遍，還為這首詩譜了曲子，唱給她家的所有小植物聽。幾個月後，她家的窗臺上，長出新品種紫色小薔薇。當風兒輕輕拂過薔薇花瓣，就會發出叮鈴叮鈴的聲音。

一年一度的榛子莓果成熟那天，所有小精靈都去採收莓果，伊比才把小草籃裝滿莓果，就看到紅色小身影也來了。這次伊比總算看清楚她的臉，她是陌生的小精靈。漂亮的她是誰？叫什麼名字？從哪裡來？

旁邊的包打聽——小精靈果果說：「她是雅芽，住在精靈谷最深處、最靠近蘆卡灣溪源頭的地方。怎麼樣，她很可愛吧！」伊比點點頭，微笑著沒說話。

伊比跟在雅芽身後，看她的模樣、聽她的歌聲、順著她的視線看樹上的莓果、旁邊松樹上的翠鳥、遠遠山巔那抹月亮形狀的白雲。

伊比跟著雅芽走了很久，終於回她的蘑菇屋。伊比爬上旁邊高大的紅檜，發現雅芽的蘑菇屋，是詩情畫意的彎彎月亮形狀，月亮尖端還掛著一顆小星星，是一朵好漂亮的黃色扶桑花。這個景象，觸動了伊比的靈感。

他跳下紅檜，收集一大把松針，在雅芽蘑菇屋前排出一首詩。

珍貴而稀有
莓果代表我的心，
輕巧而玲瓏
翠鳥代表我的心，
堅定而芳香
紅檜代表我的心，
委婉而明亮
月亮代表我的心。

伊比排好詩句，天色已經暗下來，他覺得臉好熱、口好渴、汗珠兒大顆滴落，忘了排上詩名〈落葉詩集第三號信〉，一整籃辛苦收成的莓果也忘了拿，就匆忙跑回家。

夏至那天，天氣炎熱，伊比穿著雪白襯衫、深藍短褲和紅色帆布鞋，頭戴黃色棒球帽，趁著傍晚微風吹拂，出去散步。

他經過被荷花占領的池塘，停下來餵池裡的小魚；繞過精靈谷最高

大的橡樹時，在樹下坐一會兒，把口袋裡的蛇莓乾吃光光。他跑上小山頭，站在懸崖邊，眺望滿天色彩斑斕的紅霞，和那一顆圓滾滾的落日。

等夕陽完全隱沒在山後，伊比才踏著輕快的步伐回家。開門的時候，發現門邊牆上閃爍著藍色星光，仔細一看，信箱裡塞著一片稀有的星光落葉。

伊比小心翼翼取出星光落葉。在蘆卡灣溪源頭，有一棵全世界獨一無二的星光樹，每當太陽落山、夜色降臨，星光葉片就會閃爍美麗藍色星光，即使星光葉片掉落，也會在黑暗夜裡閃爍。

是誰？在珍貴的星光落葉上寫了詩，塞在伊比的蘑菇網洞信箱？

從灑滿落葉的小徑上，
慢慢走來，
在長滿荷花的池塘邊，
低頭徘徊，
在松鼠奔跑的橡樹旁，
小坐發呆，
你是可愛的小丁點，
在滿天紅霞的山崖。

之前都是伊比寫詩送給別人，今天輪到人家寫詩送給他，而且寫在稀有的星光落葉上，伊比受寵若驚。他把詩念了好幾遍，轉過身來，對著空無一人的夜色喊了一聲：「我好喜歡〈落葉詩集第四號信〉。」之後就一溜煙鑽進蘑菇屋。

秋分時候，天氣涼爽，伊比帶著蘭草扇子，到螢谷探訪螢火蟲。回家的時候，給雅芽送去〈落葉詩集第五號信〉。

月亮過生日那天，雅芽把兩罐做好的榛果莓子醬，放在伊比家門前，也給他捎去〈落葉詩集第六號信〉。

伊比和雅芽，兩位小精靈，愛上了寫詩給對方的喜悅。接下來的一個月，他們倆在各式各樣的落葉上，寫了好多首可愛小詩，互相交換，分享生活中的點點滴滴。

當伊比寫好〈落葉詩集第二十四號信〉，他又穿著雪白襯衫、深藍短褲和紅色帆布鞋，頭戴黃色棒球帽，趁著傍晚微風吹拂，出去散步。

伊比走到雅芽家門口，雅芽剛好也穿著她可愛的紅色洋裝出來，他們倆面對面、眼神交會，開懷笑了起來。

伊比把〈落葉詩集第二十四號信〉親手交給雅芽，兩個一起散步，找到一塊大石頭，並肩坐著，雅芽把詩念給伊比聽。

秋天的陽光灑下，
金粉散落，滿地彩霞，
我坐在蹺蹺板這頭，

你在那頭，
我開心大笑，往上飛昇，
你想起美好往事，往上飛昇，
我創作可愛詩句，往上飛昇，
你大聲朗誦，往上飛昇，
蹺蹺板，喀噠喀噠，
乘著詩意往上飛昇，
直上彩霞的家。

他們還約定，要一輩子寫詩、一起旅行到天涯海角，把詩寫在落葉上，投進畫有可愛圖案的信箱。

你家裡的信箱上頭，有沒有畫著可愛圖案？家裡信箱上畫著可愛圖案的你，回家的時候，記得看看信箱。或許，小精靈伊比和雅芽，已經把一首詩，寫在美麗的星光落葉上，投進你家信箱，要跟你分享生命的美好與詩意。

小諭的神奇積木

深夜，牆上的掛鐘指著兩點五十二分。最近一個星期，小諭總在這個時刻清醒。他氣喘吁吁、口乾舌燥、害怕恐慌，因為他作噩夢了。

夢中，爸爸、媽媽牽著小諭，走進一條熱鬧小巷，巷子前段是麵包店、便利商店、玩具店、五金行和書店，後段是蚵仔麵線攤、炸甜甜圈攤和臭豆腐攤，是一條好玩又熱鬧的小巷子。

巷子底的小廣場，一個紅鼻子小丑在那裡表演，他把好幾個顏色鮮豔的球丟到空中，變換出很多種花樣。小丑會耍很多種特技，把自己整得七葷八素，頭昏腦脹，最後摔躺在地上，一邊喘著大氣，一邊左顧右盼。小丑一看到小諭，便對他眨右眼，不知情的人以為小諭是小丑的好朋友，小諭害羞得躲在媽媽身後。

小丑爬起來繼續耍寶，神不知鬼不覺繞到小諭身邊，拿出一根棒棒糖遞給小諭。小諭接過來，看著棒棒糖紅綠相間的旋轉花紋，轉轉轉，轉呀轉、繞呀繞，看了老半天，一回頭，爸爸、媽媽不見了、小丑不見了、攤位不見了、商店不見了、夜市也消失了。

小諭閉上眼睛、搖搖頭，自言自語，說：「等我睜開眼睛，一切都回復正常。」他再睜開眼，場景又變了。他單獨站在空曠的大草原上，不遠的前方有一片茂密樹林，好幾個野人從樹林裡走出來，一個、兩個、三個、四個、五個、六個、七個，七個野人，滿頭亂髮、面目猙獰、身上穿著動物毛皮、腳丫子上都是爛泥巴。看到小諭拿著棒棒糖，一個人站在草原上，野人們揮舞著粗壯的手臂，大吼大叫，朝他衝過來。

CAT

小諭嚇得轉身逃跑，一望無際的草原上，沒有地方可以躲。他沒命奔逃，七個野人愈追愈近，他們吐出來的氣息吹得小諭脖子發冷，小諭嚇得腳步踉蹌，摔倒在地，從噩夢中滾了出來，他睜開眼睛，牆上的掛鐘就指著深夜兩點五十二分。

小諭好害怕，但他不敢哭鬧，怕吵醒辛苦工作一整天的爸爸、媽媽，他躲在棉被裡，發抖著偷偷哭泣。

這個噩夢持續一個多星期，小諭每天晚上都拖著不肯上床睡覺，硬要媽媽講好幾個睡前故事，還要媽媽陪他玩積木。不過，不管怎麼拖時間、不管什麼時候入睡，他都會作噩夢，都會在深夜兩點五十二分從噩夢中醒來，氣喘吁吁、口乾舌燥、害怕恐慌。

忘記是第幾個晚上，小諭又夢見爸爸、媽媽牽著他，走進那條熱鬧的小巷，麵包店、便利商店、玩具店、五金行和書店，蚵仔麵線攤、炸甜甜圈攤和臭豆腐攤。這些商店比現實世界裡的商店還真實，深植在小諭的腦海裡，巷子底的小廣場上，小丑仍然在那裡表演。

小丑變出好多把戲逗大家開心之後，還是把一根棒棒糖遞給小諭。小諭接過來看著棒棒糖紅綠相間的旋轉花紋，轉轉轉，轉呀轉、繞呀繞，看了老半天，他不敢閉眼睛。可是，爸爸、媽媽、小丑、攤位、商店、夜市還是消失不見。他獨自站在大草原上，野人又從樹林衝過來追著他跑，小諭沒命的逃跑，外套被風吹開，口袋裡有一塊硬硬的東西，敲打著他的手。

小諭把那塊東西拿出來一看——是積木，是他睡前拿在手中玩的積木。

七個野人愈追愈近，小諭緊張害怕，腳步踉蹌，摔倒在地。積木掉在地上又彈了起來，接著落在小諭和野人中間。嘩啦嘩啦！積木長成粗壯的大樹，隔開小諭和粗暴的野人。

小諭看到樹幹中間有扇門，快速打開門、鑽進去、關上門，鎖好。

再睜開眼睛，小諭已經離開噩夢，回到現實世界，牆上的掛鐘指著兩點五十二分。雖然還是這個莫名其妙的怪時刻，因為有神奇積木保護他，小諭已經不再那麼害怕了。

隔天晚上，睡覺時間到了，他還是要媽媽講睡前故事，陪他玩積

木。臨睡之前，他把一整盒積木，塞進睡衣的兩個大口袋。這一整盒積木，應該可以在他和野人中間，築起一道厚實高大的城牆，野人永遠過不來，永遠不能傷害他。

媽媽說：「積木放在口袋裡，怎麼睡得著？」

小諭說：「我又不是小公主，七層床墊下有顆豌豆就不能睡覺。我是小王子，賽跑贏過七個壞野人的小王子。」

媽媽不明白小諭的話，以為他在編故事，順著他的話說：「我勇敢的小王子，乖乖睡，晚安囉。」

當天晚上，小諭還是進入一模一樣的夢境，七個野人還是追著他跑，讓他驚訝的是，大草原上那棵積木大樹，還直挺挺的站在那裡。

小諭快跑到大樹旁邊。糟糕，門不見了，野人愈追愈近，他們身上的臭味熏得小諭頭暈腦脹。他伸手到口袋裡掏積木。奇怪，怎麼只剩下一塊積木？其他積木跑哪兒去了？

七個野人大吼大叫，小諭繞著積木大樹跑，丟出手中的積木，積木落在他和七個野人之間，變成一道高聳的紅磚牆，牆上有扇木頭門。

小諭打開門鑽進去，才把門鎖好，野人紛紛撲上來，一個兩個三個四個五個六個七個，碰碰碰碰碰碰碰，把門撞得轟轟作響，小諭閉上眼睛、摀住耳朵。

等他睜開眼睛，發現自己正躺在床上，牆上的掛鐘指著兩點五十二分。

接下來每一天，小諭都帶一個積木入睡；都會走進那個好玩又熱鬧的小巷子，也都會從小丑手中接下那根棒棒糖，最後一定會來到大草原上。野人從樹林裡跑出來追著他，他邊逃跑邊丟出積木，小積木變成高塔、城牆、公車、聯結大卡車……把野人隔絕開，保護他安全的逃出噩夢。

每天早上，小諭都發現積木又少了一塊，他把積木盒藏在衣櫃，沒有告訴媽媽這個祕密，也不再要求媽媽陪他玩積木，他只拜託媽媽多講一個故事。

媽媽感覺有點怪，但是她太忙又太疲倦，只是把這個奇怪的感覺，放在心底不起眼的小角落。「也許小諭長大了，不喜歡玩積木

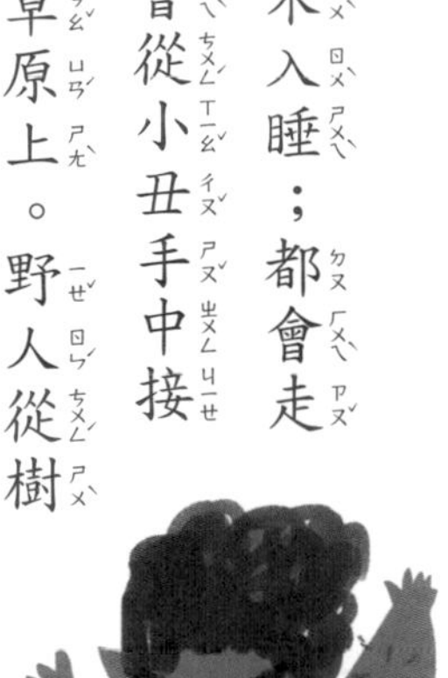

了。」媽媽想。

小諭年紀小，弄不清楚噩夢跟現實生活的關連和界線，他只知道積木非常重要，可以阻擋野人的追擊。一盒積木有三十塊，除了第一次誤打誤撞，自己掉出來的那棵積木樹，小諭陸陸續續用掉二十八塊，還剩下最後一塊。萬一，積木用光了，噩夢還在，怎麼辦？

帶著第三十塊積木入睡那個晚上，小諭又作噩夢了，他在大草原上逃跑，身後是七個野人。不過，今天野人的聲音不一樣，小諭回頭一瞧，哇！野人帶新的幫手來了，是八隻魷魚鬼！

比大人還高的魷魚鬼，揮舞著十隻粗壯的腳，發出噁心黏膩的嘰嘰呱呱聲，跳躍著追趕過來。

小諭被恐怖的魷魚鬼嚇得魂飛魄散，趕快拿出口袋裡的積木，往後拋去。可是，他重心不穩、腳步踉蹌，整個人摔在積木上頭。轟的一聲，積木長成一堵大石頭牆。趴在積木上的小諭，跟著石頭牆往上升高，石頭牆長得好高好高，比其他積木變成的牆壁、樹木、公車、聯結車……都還要高。他居高臨下，看著七個野人和八隻魷魚鬼，變成小不點兒，在大草原上跑著。

小諭站在第三十塊積木上頭，往四面八方看去，發現一件神奇的事：之前他丟出去的二十九塊積木，一塊接著一塊，一筆一畫在大草原上排出四個字，總共二十九畫。他把這四個字看的一清二楚，感到好振奮！

小諭站起來，在高高的石頭牆上歡呼跳躍，石頭牆彈出一道暗門，他拉開暗門鑽進去，裡頭是一道長長的旋轉樓梯，迅速關好門，往下跑，跑過一百多階樓梯，也跑出夢境。

牆上掛鐘指著三點整，鐘聲剛好敲響，噹！噹！噹！三十塊積木都跟他一起回來了，零亂散落在房間地上。

小諭盯著時鐘看，時鐘上的指針指向三，突破兩點五十二分的魔咒。折磨他許久的噩夢，會不會在今天晚上畫下句點？小諭相信，明天，他不會再作噩夢了。

小諭把所有積木收齊，放進盒子，再一個一個拿出來擺好，擺出他在夢中看到的那四個字——我不害怕。用完二十九塊積木，小諭拿著第三十塊積木發呆。

睡眼惺忪、呵欠連連的媽媽，出現在小諭房門口，她看到小諭站在床前，整盒積木在地板上排排站好。媽媽問：「小諭，你作噩夢了？」

小諭點點頭，喉嚨酸酸的，說不出話。

媽媽走過來蹲下，問：「你怕吵醒爸爸、媽媽，所以沒叫醒我們？」

小諭又點點頭，眼淚撲簌流下。

媽媽撥開積木，把小諭抱入懷中說：「不怕！媽媽在。」

「我不害怕。」小諭把夢中看到的那四個字說了出來。

他把積木盒拉過來，又說：「我有積木保護我。」

媽媽說：「好棒！小諭不害怕！你一定要告訴我積木的祕密，好嗎？」

小諭說：「好！等我長大，講睡前故事給媽媽聽的時候，一定告訴你積木的祕密。」

媽媽說：「你要幫積木保密？」

小諭回答：「沒錯！」

「好，等你長大再告訴媽媽。」媽媽坐在小諭床邊，看他睡著，撥開覆蓋他額頭的捲髮，拿出他手裡緊握的、石頭牆造型的積木。

從那天以後，小諭再沒有夢見過野人和魷魚鬼，也很少在兩點五十二分醒來。雖然偶爾還是會作些奇怪的夢，但是他都會告訴自己：我不害怕。沒有積木也沒關係，因為我已經不害怕了。

勿忘我花精靈

世外桃源有三十二座花園，每一座花園都有各式各樣的花卉、草木、特殊氛圍，讓人流連忘返。

每年開春，世外桃源的花神就會圈出一塊空地，當做花園預定地。那一年，世界上長出什麼出色的奇花異草，花神小花園就會冒出一模一樣的植物。如果在全世界最高的山巔，長出美麗的龍膽，花神小花園也會同時冒出一株美麗的龍膽。如果酷熱沙漠在暴雨過後開滿遍地野花，花神小花園也會同步綻放一片花海。

世界大花園是花神小花園的範本；花神小花園是世界大花園的縮影。

真真小精靈掌管的第二座花園，有非常珍貴的七彩玫瑰花，七種顏色從內而外分布在一朵玫瑰花上，教人目眩神迷，喜歡得想一口吃下。

水泠泠小精靈掌管的第六座花園，有罕見的冬至凌晨天堂鳥，只在寒冷冬至的凌晨時分開花，開花的瞬間會有多彩光束射出，美麗又夢幻。

莫思奇小精靈負責的第十九座花園，那一大叢夏日瀑布花，最教人驚豔。它們依附在山壁上，把山壁妝點成綠色簾幕。等到它們開花時，一朵又一朵的小白花像煙火般快速綻放，把山壁變成瀑布，成串花流從山頂直瀉而下，讓人真想化作蝴蝶或花仙子，隨著美麗的花瀑，四處優游。

每年最後一個清晨，新花園中央的小木屋「咿呀」一聲打開，會有一位小精靈走出來，這個小精靈是新花園裡，所有植物的靈魂孕育出來的。

他將成為這個花園的管理者，要照顧園裡所有的花卉草木，為植物澆水、除蟲、遮風、擋雨，和植物談心。

今年初，世外桃源的花神，圈出第三十三個花園的範圍。這個花園的位置很理想，有小溪蜿蜒流過，小溪的盡頭是一個小湖泊，湖泊旁邊有一塊溼地，整座花園被平緩的山坡地包圍，很適合植物生長。

隨著四季流轉，第三十三座花園正中央長出一棵紅檜，花園裡散發著舒適迷人的香味；小溪邊的矮牆上長了一整排紫藤；一百

零三種玫瑰花排成「之」字形狀；九十九棵罕見的茶花沿著坡地往上延伸，鴕鳥蛋花、不會凋謝的桂花、白天也香的夜來香、翠玉色的玉蘭花，以及花瓣上有可愛笑臉的含笑花，錯落在溪邊，努力散放香氣，營造迷人氣氛。

高貴的魔幻愛情花，和七彩繡球花正盛開，招蜂引蝶，非常熱鬧。最特別的是稀有的豔紅鹿子百合和火焰百合，都現身在花園各個角落。微風吹來，幾百朵百合隨風搖曳，好像報佳音的天使。

一株葫蘆瓜藤大剌剌的進駐花園時，花神和其他三十二位小精靈都好詫異。因為長相滑稽的葫蘆瓜，跟這座新花園感覺有點格格不入。如果任憑葫蘆瓜就這樣隨意闖進來，接著冬瓜、南瓜、絲瓜、瓠瓜也紛紛來攪局，花園變成瓜園，該如何是好？

要不要移除這株葫蘆瓜呢？小精靈們你一言、我一語，熱烈討論著，聲音愈來愈大。

花神問：「你們說要移除葫蘆瓜，誰來動手？」

小精靈都不說話，他們只負責管理自己的花園。負責管理這座新花園的小精靈，要等到年底才會出現。

花神說：「葫蘆瓜不會無緣無故出現，你們應該體察它出現的意義，而不是一味排斥。」

一個月後，葫蘆瓜開花結果。白天看來平凡無奇的葫蘆瓜，到了晚上，竟然發出溫暖的亮光。每顆葫蘆瓜的光都不一樣，好像五顏六色的燈籠，引來小精靈們陣陣讚嘆，也為當時想要「鋤」掉葫蘆瓜而感到汗顏。

花神說得有道理。普通的葫蘆瓜，出現在特別的花園，就有它的意義，為這座新花園帶來溫暖的光。

時光荏苒、歲月遞嬗，漫長的一年即將走到盡頭，大家都期待新的花園小精靈誕生。

倒數三天，才有人發現情況不對——為什麼第三十三座花園，沒有小草？

花園裡沒有小草，即使各種花卉蓬勃生長，花園看起來還是光禿禿的。花開滿園，少了綠草如茵當背景，怎麼看都覺得怪。

沒有小草的危機，遠比葫蘆瓜進駐還讓人恐慌。沒有小草的花園，根本不能叫做花園。沒有小草的花園，會孕育出什麼樣的小精靈？

花神拿著一大把蒲公英種子，對著白色絨球大口吹氣，看著蒲公英傘飛散在第三十三座花園裡的每個角落，三十二位小精靈也熱心幫忙，從自家花園移植草皮過來。但是，本來最容易生長的小草，硬是不肯在第三十三座花園生長，真是傷腦筋，大家都束手無策。

那年最後一天清晨，大家都聚集在第三十三座花園的小木屋前等候。時間一到，小屋的木頭門「咿呀」一聲被推開，身材矮小的小小精靈爬了出來。

大家瞪大眼睛仔細瞧著，小小精靈正是牙牙學語的年紀，她還不會走路，從小屋裡爬出來，好奇探索花園的一切。咿咿呀呀！滴滴嘟嘟！小小精靈說著沒人聽得懂的話語。

她爬過的地方，小草一路跟隨。她爬到哪裡，小草跟著長到哪裡。她握住哪棵花卉的莖幹，松蘿就附著在哪棵植物的莖幹上。她朝著哪一小塊土地微笑，小草就在哪裡滋長。

黃昏時候，第三十三座花園，已經是滿園綠草。看著小草絨毯似的覆蓋在花園土地上，大家終於展開燦爛笑靨。

第三十三座花園裡每一朵高貴美麗的花，都低下頭來思考、也都承認，看似平凡的小草，才是第三十三座花園的主角。

花神準備要宣布這位小小精靈的名字，可是她還在四處探索，根

本不理會花神。如果在太陽下山之後還沒宣布名字，小小精靈就會變成可憐的無名氏。

花神靈機一動，拍拍手說：「講故事時間到了，大家來聽故事吧。」

小小精靈一聽到「講故事」三個字，發出悅耳笑聲，快速爬到花神身邊，抱住花神的小腿站了起來，咿咿呀呀說了一串話。花神原本有些錯愕，但是她很快露出笑容，抱起小小精靈。

可愛的小小精靈坐在花神腿上，引頸期盼好聽的故事。其他三十二位小精靈，也靦腆的在花神四周靠攏，挨擠著坐下。他們從不曾這樣靠近花神，心跳有點快，手心微微出汗。

花神宣布：「第三十三座花園的小小精靈，叫做『勿忘我』。請

大家多多支持她，幫忙她。」小精靈聽了都熱烈鼓掌，第三十三位小小精靈也開心拍手。咿咿呀呀！滴滴嘟嘟！小小精靈繼續說著大家都聽不懂的話語。

花神聽得清清楚楚，笑著幫她翻譯：「勿忘我小精靈問大家，想聽怎樣可愛的故事啊？」所有小精靈聽了都搶著回答，其中以〈童話小精靈〉這個故事的點播率最高，有十三票。

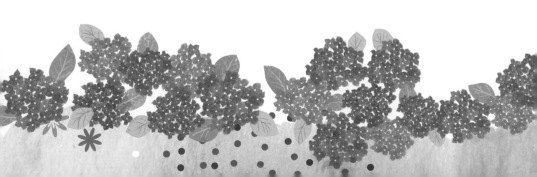

太陽下山了，在一年的最後一天、最後一夜，在葫蘆瓜燈籠的暖光陪伴下，第三十三座花園溫馨的童話故事晚會就要開始，邀請大家一起來聽世外桃源的花神說〈童話小

精靈〉這個好聽的故事。

新的一年來臨了，第三十三座花園也正式開幕，用美麗的花朵、青翠的小草、清涼可口的溪水，迎接各地來的花精靈。最特別的是，每個週末晚上，太陽剛剛下山，葫蘆瓜燈籠亮起的時候，勿忘我小精靈都會舉辦童話故事晚會，邀請花神來講故事給大家聽。

喜歡聽故事的人，別忘了準時來聽故事喔！

野丫頭與狼

在西溪村，夕陽總落在騎士橋畔。

夕陽特別火紅燦爛的夏至傍晚，一頭狼混進西溪村，藏身一棟沒人居住的鐵皮屋。他喜歡吃小孩子的肉，特別是頑皮野孩子的肉，結實有嚼勁，是他夢寐以求的美味。

騎士橋畔有棟小樓房，牆外有棵大桂花樹，牆裡住著的那個野丫頭，是西溪村最頑皮、最會撒野的孩子，她是狼盯上的第一特選美味。

野丫頭八歲那年，一個秋日黃昏，狼和她第一次交手。

野丫頭放學回家，看到路邊鐵皮屋外有一個糖果盒，是她喜愛的「搗蛋跳跳糖」。野丫頭三步併做兩步，跑上前去，一把抓起糖果盒。

奇怪，糖果盒上怎麼綁了一條繩子？而且，不知道誰拉著繩子，迅速往回收，順勢把野丫頭往鐵皮屋拖過去。野丫頭不肯認輸，用力扯著繩子往後退。不過，她的力氣小，很快就被拉到門邊。野丫頭看見鐵門邊露出一隻爪子，知道是狼在搞鬼。

「休想搶走我的糖果！」野丫頭大吼一聲，衝過去撞門。狼爪被鐵門夾住，發出駭人吼聲。

野丫頭抽出書包小口袋的美工刀，把繩子割斷，拿走糖果盒。臨走前撂下一句話：「我是騎士橋的老大，想要吃人？先吃了我再說，否則你只能吃小老鼠，哼！」

狼的右前爪，就是那時候被門夾斷的。雖然，他找張花朵巫婆治療過，但是到現在都還不能靈活使用。

而且，不知道野丫頭哪來的神奇力量，狼被野丫頭「詛咒」之後，真的沒辦法吃人了，只能吃小老鼠。

狼每次把可憐小孩子拐到鐵皮屋，準備要吃掉孩子的時候，他的嘴巴都張不開，四肢無力癱軟在地，只能眼睜睜看著小孩逃走。有的孩子還會踢狼的頭，嘲笑他是癩皮狗扮成狼，把狼氣得發狂。

狼和野丫頭結下血海深仇，唯有吃了野丫頭，狼才可能再度吃人。但是，野丫頭聰明又機智，每次被狼突襲，總是能識破狼的詭計，並且給狼迎頭痛擊。

野丫頭九歲那年，狼在野丫頭放學的路上做了一個陷阱。這是他第十九次偷襲野丫頭，只許成功、不許失敗。

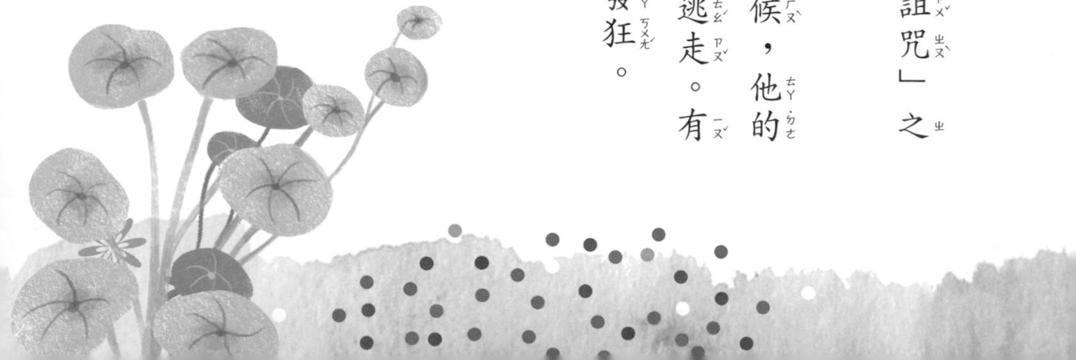

野丫頭邊走路、邊跳舞，幸運跳過陷阱安全回家。緊跟在她後面的一位先生，一腳踏上陷阱、掉進去，觸動了警鈴。狼以為捉到野丫頭了，迅速跑來，跳進陷阱，張開大嘴巴。沒想到，那位先生是拳擊教練，對著不知死活的狼，一陣拳打腳踢。狼的左眼球飛了出去，要不是逃得快，右眼球可能也不保。

狼就是在這次偷襲行動中，變成獨眼狼。

一個秋日午後，狼絆倒一位郵差，郵件也灑滿地。狼假裝好意幫忙收拾，其實是要竊取野丫頭的郵件。

狼拿到一張朋友寄給野丫頭的明信片，上頭寫著，三天後要來拜訪她。

狼把明信片揣進懷裡，正想溜走，卻被郵差拎住衣領說：「想從我手中偷走郵件？看我的厲害。」郵差一把搶回明信片，狠狠踹他一腳，狼立刻倒在地上哀嚎。

等郵差一走開，狼笑嘻嘻的爬了起來，揚起手中的明信片說：「你的腳力，哪比得上野丫頭？她踹我的力道可大了。你拿走我的明信片，我又偷偷拿回來啦。」

三天後，狼埋伏在路邊，綁架野丫頭的朋友，把她關進鐵皮屋，將自己化妝成她的樣子，大搖大擺走到野丫頭家的大門口。正要敲門時，狼突然發現多毛又粗大的尾巴藏不住，怎麼辦？

狼發揮急智，把尾巴拿下來變成雨傘，還用雨傘在大門敲

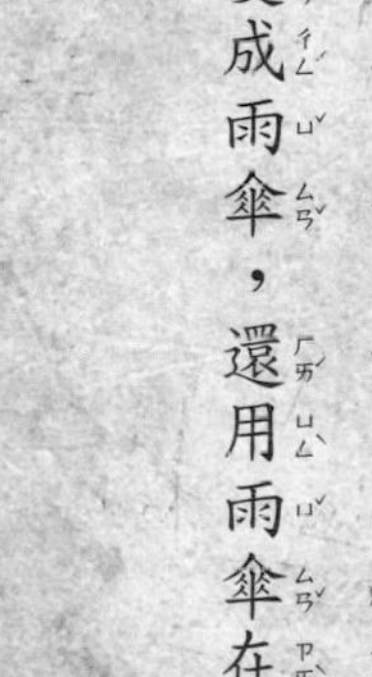

了三下，叩叩叩。

大門很快打開，野丫頭探出臉來，笑容可掬的說：「稀客稀客，快進來。」

野丫頭拉住狼的衣袖，拉他進門，把狼樂得眉開眼笑。等待了許多年，居然這麼輕鬆就進了野丫頭的家，這是他第三十八次偷襲野丫頭，只許成功、不許失敗。

狼才在客廳沙發坐下，野丫頭便盯著他看，大聲尖叫。

狼以為被野丫頭識破了，正想撲上去咬野丫頭。沒想到，野丫頭拉開抽屜，抓出一個小包、撕開包裝，把一片冰冰涼涼的東西，「啪」的一下子貼在狼的臉上，說：「你的臉怎麼皺巴巴的？來，敷一塊我的神奇面膜，十五分鐘後就會水噹噹，像五歲小女生。」

野丫頭把面膜敷在狼臉上，叫他躺在沙發上不要動，自己抱來一盆沙拉，嘰呱嘰呱吃了起來。嗆辣的洋蔥味兒，把狼熏得頭暈腦脹、眼淚直流、四肢發軟，他最怕洋蔥了。

野丫頭吃完沙拉，到廚房拿來兩杯紫色飲料，一杯遞給狼，說：「這是你最愛喝的水果酵素，我媽媽釀了三個月才做好呢。你不喝光，就不是我的好朋友。」

狼怕被識破，壞了大事，不得已，捏住鼻子喝了飲料。哎喲，又酸又澀又有怪味！狼喝完之後，一陣反胃、癱軟在沙發上，半天沒辦法動彈。

電話響了，野丫頭走到櫃子旁邊接電話，狼慢慢爬起來，偷偷摸摸接近野丫頭，伸出利爪，準備一舉掐住野丫頭脖子，了結這幾年來的恩怨。

沒想到，野丫頭居然養了一隻大黑貓。

埋伏在二樓的大黑貓，抓準時機從高處跳下，對狼發動攻擊，把狼從頭到屁股抓出好幾條傷痕，尖叫著跳出窗戶、落荒而逃。

野丫頭聽到吵鬧聲，回頭一看，看到狼逃跑的「狼狽」身影，才知道是狼扮成好朋友的模樣，要來吃掉她，真可惡。

幸好大黑貓識破狼的詭計，救了她的命。野丫頭蹲下來摸摸大黑貓，貓身上的毛還聳著、口中發出警戒的低吼，瞪著狼尾巴變成的傘。

可憐的狼，竟然把重要的尾巴落在野丫頭的沙發上。

野丫頭拿起傘，聞到狼臊味兒。她看過很多書，知識和常識都很豐富，知道該怎麼應付這種棘手的事情。

她拿來結實的麻繩，把傘柄牢牢綑住、綁在門口大桂花樹幹上。

接著，「碰」的一聲，撐開狼尾傘。

撐開的傘變回狼尾巴的模樣，而且這條狼尾巴就像吸塵器，發出超強吸力，颳起一陣強勁的風，把野丫頭的頭髮吹得亂七八糟。

已經逃回鐵皮屋，咬住野丫頭朋友褲管、左右拉扯洩恨的狼，突然被一股無形的力量吸住，瞬間被拉回野丫頭家門口的大桂花樹邊，接上尾巴，回復狼的原形。

等在旁邊的野丫頭，看見傘打開的瞬間，一陣驚天動地的大風颳

過之後，奇妙的事情發生了：綁在樹幹上的狼尾巴上接著那頭想要吃她的狼；狼的嘴裡咬著她的好朋友的褲管；她的好朋友則一臉驚嚇坐在地上。

他們三個愣了好一會兒，才明白發生什麼事。

狼的尾巴被綁在桂花樹幹上，震驚又慌張，鬆開嘴巴裡的褲管，扭動著想掙脫，卻徒勞無功。

野丫頭的好朋友，掙脫狼的利齒，爬向野丫頭，抱住她，嚇得邊哭邊發抖。野丫頭先安撫她的好朋友，把她帶進客廳，給她送上一杯酸甜好喝的水果酵素，和一大盆洋蔥番茄生菜沙拉。

接著，野丫頭走出門，用狗項圈套住狼脖子，把狼栓在桂花樹幹上，對狼說：「早就告訴過你，我是西溪村騎士橋的老大，你還敢來惹我！現在，你不但不能再吃人，連老鼠也不能吃，還得當我的看門狼，一輩子吃狗飼料，哼！」

狼聽了野丫頭的「詛咒」，難過的長吼起來，恐怖的狼吼聲嚇壞了西溪村民，野丫頭搖搖頭說：「你再也不能發出那樣討人厭的吼聲了。從此以後，你就只能喵喵叫啦。」

呵呵，你看過只能喵喵叫的狼嗎？他就在西溪村騎士橋畔，野丫頭家門口的桂花樹下。

從此以後，狼成了野丫頭的看門狼，小偷和強盜都不敢來撒野。

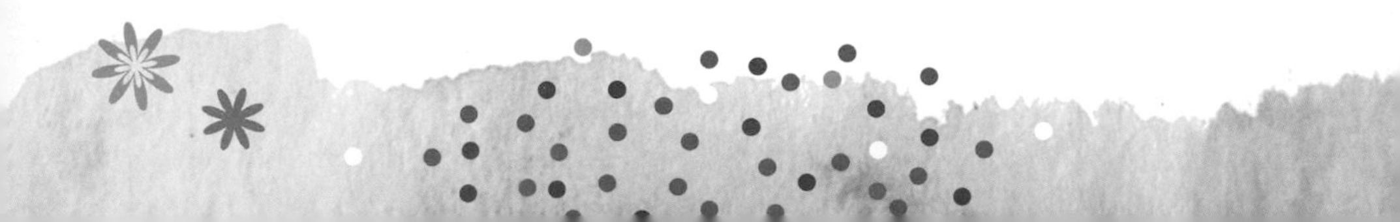

最後一根稻草

酷熱的噴火龍沙漠，風滾草駱駝商隊的三十一隻駱駝，排成一列，一隻接著一隻，拖著沉重步履往前走。

新月牙綠洲在前方等著他們，空氣中已經聞得出溼潤的水氣，疲憊不堪的駱駝，努力擠出最後一絲力氣往前走。終於，領頭的駱駝米藍率先通過新月牙綠洲那兩棵招牌棕櫚樹，在綠洲等候的眾人，歡呼著迎接他們平安抵達。

駱駝米藍是風滾草駱駝商隊的領頭駱駝，雖然他的速度和耐力，都比駱駝昆德拉差一點點，但是他的身材勁帥強健、睫毛又長又捲、長相好看又霸氣。主人曼先生常常凝視著他，抱著他的頭輕拍，大聲鼓勵他，把他當做風滾草駱駝商隊體面的招牌。

駱駝昆德拉是誰？他是風滾草駱駝商隊永遠的殿後駱駝。他很強壯、負重力強、健步如飛，總是背負最沉重的貨物；總是走在最後頭看顧大夥兒；總是最後一個抵達綠洲；總是最後一個喝到水、最後一個吃到食物，主人曼先生卻從來不曾正眼看過他。

塔克沙漠王國每年都會舉辦飛毛腿大賽，跑得最快的駱駝，可以在工作最繁重、氣候最難熬的炎熱夏季，離開商隊度假去——住在全天都有空調和古典音樂的棚屋裡，享受國王指派的三位專業訓練師細心照顧，以最佳的體態披掛著嶄新炫麗的披毯，到首都接受國王表揚，還會巡迴塔克沙漠王國所屬的十幾個大城市，參加輕鬆有趣的表演賽。

最吸引大家的是，飛毛腿大賽的冠軍可以跟王室美麗的駱駝公主見面。如果被駱駝公主看上了，可以和她結婚，永遠留在皇宮裡，不必工作。

昆德拉是塔克沙漠王國跑得最快、耐力最強的駱駝。如果他有機會參加飛毛腿大賽，肯定可以蟬聯十幾屆冠軍，跟駱駝公主結婚，運氣夠好的話，已經有好幾隻可愛的駱駝寶寶了。

可是，昆德拉居然一次也沒參加過飛毛腿大賽，你相信嗎？

原來，主人曼先生認為昆德拉長得難看，常常在私底下跟朋友說：「那隻昆德拉真醜，長得太大隻、頭太大、牙齒太暴、耳朵大得像扇子、鼻孔也

太太。我真懷疑，有那麼大的鼻孔，怎麼躲避沙漠風暴的侵襲？」朋友提醒曼先生，說：「小聲點，沙漠的風會把你的話帶到昆德拉耳朵裡。他是一隻好駱駝，從來不爭強鬥狠，你應該好好善待他才對。」

曼先生說：「風沙吹過來，他的大鼻孔很快就塞滿沙子，一下子就完蛋了。哼！讓昆德拉待在商隊裡，就是對他仁至義盡了。要不是看在他耐操又好使喚的份上，早就……」他做出一個滾蛋的手勢，沒有繼續說話。

以駱駝的標準來說，昆德拉確實長得不好看。主人曼先生討厭昆德拉的長相，故意把他擺在最後面，刻意忽略他，把他當成空氣。如果他派昆德拉出賽，其他駱駝主人會取笑他，他不想丟臉。所

以，他每一年都跳過昆德拉，推派身材勁帥、長相好看迷人的駱駝，參加飛毛腿大賽。

今年入選的駱駝，就是駱駝米藍。

米藍當然知道自己的速度、負重力和耐久度，都比不上昆德拉，可是，米藍自認為出身高貴，更是外貌協會的會員。他曾說過，長相難看的駱駝，應該放逐到南極或是北極，不該浪費沙漠寶貴的資源。

駱駝米藍刻意忽略昆德拉比他強的項目，沒把昆德拉放在眼裡。他很驕傲可以打敗昆德拉，代表風滾草駱駝商隊參加飛毛腿大賽，他有信心奪冠。

比賽前三個月，米藍就不用跟著商隊出門載運貨物，開始密集訓練跑步和戰鬥技巧，所有的駱駝都羨慕他，包括昆德拉。

這次，風滾草駱駝商隊要把八千公斤的椰棗，運送到沙漠那頭的滿月圓綠洲。從新月牙綠洲到滿月圓綠洲，會經過沙暴頻繁發生的地區，一個不小心，就會被沙暴掩埋，永遠沉睡在沙漠裡。

商隊出發那天，米藍來為大家送行。他笑嘻嘻的，掩不住內心的歡喜和慶幸，其他駱駝全苦著一張臉，誰都笑不出來。

米藍不帶頭了，是不是就輪到昆德拉來當領頭駱駝了呢？他抬頭挺胸，等待主人的命令。曼先生避開昆德拉的眼神，指指駱駝貝多力，那是讓他當領頭駱駝的意思。

駱駝貝多力大喜過望，開心跑上前。曼先生把領頭鈴鐺掛在他脖子上、拍拍他的臉，對他的訓練人東尼說：「好好做，把大家平安帶回來。」

東尼點點頭、貝多力也點點頭。貝多力很滿足，因為熬過那麼多年平淡的日子，終於可以輪到他，昂首闊步，帶領大家走向熟悉的噴火龍沙漠。

駱駝們一隻接著一隻，魚貫出發。昆德拉背負沉重的補給品，低著頭，跟在訓練師老喬身邊，最後一個出發。

風滾草駱駝商隊從新月牙綠洲出發，一路上被酷熱和沉重的貨物壓得透不過氣，幸好只發生兩次小型沙暴，儘管損失幾袋貨物，卻沒有造成傷亡。商隊把貨物運抵目的地，並且載回好多美麗的絲綢、香料、茶葉和小麥種子。

旅途快結束的時候，他們遇到一隊裝飾華麗、聲勢浩大的駱駝商隊。

兩支駱駝商隊擦身而過，駱駝昆德拉突然覺得脾氣異常焦躁。他想要狂奔、想要大吼大叫、想要逃到傳說中的沙漠之心，那個只屬於駱駝的快樂聖地，永遠不再回到風滾草駱駝商隊，永遠不再為瞧不起他的曼先生服務。

昆德拉被自己嚇著了。從小到大，他從來不曾有這樣不滿焦慮的情緒。今天是怎麼了？嫉妒被選去參加飛毛腿大賽的米藍？歧視本領不如他的貝多力？還是羨慕身邊這些裝飾華麗高貴的駱駝？或者，對曼先生不滿？

昆德拉知道自己比其他駱駝高大、比其他駱駝更有耐力、比其他駱駝更能負載重物，風滾草駱駝商隊不能沒有他。

昆德拉不明白：為什麼曼先生從不正眼看他？為什麼曼先生總是讓他殿後而不讓他當領頭？為什麼曼先生從不選他參加飛毛腿大賽？

駱駝昆德拉沒照過鏡子，也不知道人類重視外貌的程度，居然可以超越對於能力與毅力的要求。

昆德拉默念著：「不要抱怨、不要嫉妒、不要氣餒，做好自己的本分。」這是訓練師老喬告訴他的道理。昆德拉念了好幾次之後，用他的鼻子碰了碰老喬的肩膀。老喬回頭看昆德拉，說：「專心工作，別胡思亂想。」

昆德拉瞄了一眼跟他們擦身而過的駱駝商隊，也瞄了一眼遠方天空不尋常的顏色，赫然發現自己錯了。剛剛那陣突發的焦躁脾氣、想要狂奔、想要逃離的念頭，並不是因為嫉妒與不滿，而是因為他感應到凶猛的沙漠風暴即將來襲。

昆德拉停下腳步、發出駭人叫聲，老喬拉緊韁繩，安撫昆德拉，並且警告大家：「昆德拉警告我們，沙漠風暴即將來襲，保護貴重貨物、就地掩蔽。」

東尼挑了一個安全的地點，指揮駱駝貝多力趴伏下來。貝多力記得主人說過，要他好好帶頭。貝多力很盡責的起帶頭作用，所有駱駝都跟隨他的動作，一起趴伏在沙地上。

大家都以為只是尋常小型沙漠風暴，很快就會過去，很快就可以回到新月牙綠洲，卸下沉重負載，休養生息好多天。

昆德拉卻不這麼認為，他感覺落在身上的沙子，重量不斷增加，不時調整姿勢，讓重量減輕一些。

狂風不停的吹、沙子不停落下，沙暴好像永遠不會過去似的。昆德拉一邊挪動身體、一邊念著：「不要抱怨、不要嫉妒、不要氣餒，做好自己的本分，壞事會過去，好事會來臨。」

等沙暴終於過去，昆德拉睜開眼睛，赫然發現自己幾乎被沙子掩埋，他嚇壞了，扭動著爬出沙堆。

他極目四望，整座沙漠只剩下他，風滾草駱駝商隊和剛剛擦身而過的華麗駱駝商隊，都不見蹤影。

昆德拉背著兩大袋小麥種子，孤孤單單站在噴火龍沙漠，嗅聞夥伴的氣味，嗅聞從他一出生就照顧他、訓練他的老喬的氣味，卻什麼都聞不到。他們已經被埋在沙漠裡，跟沙漠合而為一了。

昆德拉想起曼先生在他們出發前，拍著駱駝貝多力的臉，說：「好好做，把大家平安帶回來。」那時候站在最後面的自己，心中憤恨不平。

昆德拉的心底冒出一陣寒意——如果曼先生把領頭的重擔交給我，我有辦法把大家從沙堆裡挖出來，平安帶回家嗎？

一直以為自己是沙漠裡最強的駱駝；一直以為曼先生沒有發現自

己的才能；一直以為自己被忽略，整日鬱鬱寡歡、憤怒沮喪，直到經歷這次致命的沙漠風暴，昆德拉現在才知道，在大自然面前，自己是多麼藐小脆弱。

「生於沙漠，活於沙漠，死於沙漠，謹守本分。」這是老喬常常掛在嘴邊，自我勉勵的話，駱駝昆德拉一邊反省錯誤，一邊痛苦悔恨，他咀嚼著這句話，獨自走回新月牙綠洲。

這一回，昆德拉既是領頭，也是殿後。第一次當領頭駱駝，卻也是最後一次。當他通過新月牙綠洲那兩株招牌棕櫚樹時，沒有歡呼聲，只見主人曼先生向他跑過來。

剛從噴火龍沙漠歷劫歸來的昆德拉，又餓又累又委屈，看到主人向他跑來，他激動落淚。

大難不死的昆德拉還在發抖，他希望主人能抱抱他的頭、輕拍他的臉，告訴他：不是你的錯，不要自責，這是十多年來噴火龍沙漠最大的風暴，你能回來最重要，快把貨物卸下，好好休息。

主人曼先生高舉雙手跑到駱駝昆德拉跟前，手中的鞭子重重落在昆德拉頭上、臉上和身上，一邊打、一邊罵：「你這個沒用的東西，我辛辛苦苦把你養大，讓你看顧我的商隊，沒想到你貪生

怕死，害我損失整個商隊。你這個忘恩負義的傢伙，竟然還有臉回來！沒用的畜牲，又醜又怪的駱駝，為什麼死的是其他好駱駝，而不是你？你給我滾，滾得遠遠的，再也不要出現在我眼前。」

駱駝昆德拉俯首貼耳，任主人抽打。失去整個商隊，他非常悲痛，主人的鞭子毫不留情，打得他全身又刺又疼，心裡的痛卻漸漸舒緩。

主人瘋狂飆罵的那一大串內容，終於解開昆德拉心底長久以來的疑問。原來，在主人心中，他跑得快、負重力強、責任心重，都不算數。在主人心中，他不過是個醜陋、沒用的怪胎。

昆德拉抬起頭，四下張望，駱駝米藍遠遠站著，冷眼旁觀。

「如果我是米藍，如果米藍是唯一生還的駱駝，主人會不會這樣對他？如果我的長相讓主人喜歡，主人會不會這樣鞭打我，叫我滾？老喬啊，教教我！救救我！」

昆德拉想起老喬一再對他的叮囑：做好本分，唯命是從。

曼先生叫人把昆德拉背上的兩袋小麥種子卸下，說：「還杵在這裡做什麼？還不快給我滾，滾得愈遠愈好。」

之前，曼先生對昆德拉的不公平待遇，就像把一根根輕盈稻草，放在他背上、壓在他心上。一根接著一根，一年又一年，昆德拉背負的稻草，早就堆成一座小山了。「還不快給我滾，滾得愈遠愈好。」這句話是最後一根稻草，輕輕放在昆德拉身上的最後一根稻草，並沒有特別重，只是累積下來的重量，讓他再也負荷不起，徹底擊垮了他。

「我走。」駱駝昆德拉轉頭離開，沒喝一口水、沒補充一點草料，就走進噴火龍沙漠，慢慢的成為地平線上的一個小黑點。

駱駝昆德拉在沙漠中走了好多天，他又渴、又餓、又疲倦，但是他高大強壯，耐力又超強，順著心意大步向前，循著一絲芬芳的空氣，堅持不懈。

昆德拉記起老喬說過的話，「不要抱怨，不要氣餒」、「做好本分，唯命是從」、「壞事會過去，好事會來臨……」這些話他牢記在心，不曾懷疑。

現在，情況不一樣了。從今天開始，昆德拉決定要當自己的主人，不再為別人守本分。

酷熱的中午，昆德拉走近一棵枯樹，他又餓又渴，再也支撐不住，兩隻前腳先跪下，接著是兩條後腿，低著頭臥在沙漠，像是對上天祈禱，沒有咒罵哭泣，也沒有抱怨放棄。

遠遠的岩石後方，探出一顆、兩顆、三顆大頭，是三隻駱駝。他們的顏色比較淺，幾乎和沙漠融為一體，難以分辨。從沙漠風暴過後，他們就開始跟蹤昆德拉。

能夠從強烈沙漠風暴全身而退的駱駝，就有資格到駱駝的聖地——沙漠之心。至於只是短程旅程，或是可以長期居留，全看自己的表現。

如果能夠通過嚴格的品性和毅力考核，就能成為沙漠之心的永久居民。這三隻駱駝主考官公正溫和，昆德拉已經通過考核。

他們被昆德拉的毅力和善良感動，陪伴著這隻疲倦迷路的駱駝，回到駱駝聖地——沙漠之心。

在人類無法抵達的沙漠之心，大家地位平等，和平相處。這裡沒有勝利，也沒有失敗的區別。沒有領頭，也沒有殿後的差別，也沒有美麗與醜陋的分別。

高大強壯、健步如飛、個性沉靜的昆德拉來到沙漠之心，很快就贏得大家的敬重，也得到特麗莎的愛。他們生了兩隻可愛的駱駝寶寶，一家四口跟著大家，在沙漠之心過著幸福快樂的生活。

國家圖書館出版品預行編目 (CIP) 資料

精靈的慢遞包裹 / 王家珍著 ; 黃祈嘉繪 . -- 初版 . -- 新北市 : 字畝文化出版 : 遠足文化發行 , 2019.06
面 ; 公分
ISBN 978-957-8423-87-9（平裝）
863.59 108007299

童話如數家珍

精靈的慢遞包裹

作者｜王家珍
繪者｜黃祈嘉

社長兼總編輯｜馮季眉
副總編輯｜吳令葳
責任編輯｜洪　絹
美術設計｜羅心梅
內頁排版｜張簡至真

出版｜字畝文化
發行｜遠足文化事業股份有限公司
地址：231 新北市新店區民權路 108-2 號 9 樓
電話：(02) 2218-1417　傳真：(02) 8667-1065
電子信箱：service@bookrep.com.tw
網址：www.bookrep.com.tw
郵撥帳號：19504465 遠足文化事業股份有限公司
客服專線：0800-221-029

讀書共和國出版集團
社長｜郭重興
發行人兼出版總監｜曾大福
印務經理｜黃禮賢
印務｜李孟儒

法律顧問｜華洋法律事務所　蘇文生律師
印製｜凱林彩印股份有限公司

2019 年 6 月 5 日　初版一刷　定價：300 元
ISBN 978-957-8423-87-9　書號：XBWA0001